古代田园诗词三百首

中华好诗词主题阅读

周京艳 编著

中国国际广播出版社

导　言

　　田园诗是指"歌咏田园生活的诗歌，多以农村景物和农民、牧人、渔父等的劳动为题材"。（程郁缀著《唐诗宋词》）它有广义与狭义之分。广义的田园诗即歌咏田园生活的诗歌，包括田园之苦与田园之乐。狭义的田园诗指陶渊明开创的表现田园闲适、宁静的隐逸生活乐趣的诗歌。

　　说到田园诗，我们首先想到的诗人就是陶渊明，首先想到的诗歌就是陶渊明的"采菊东篱下，悠然见南山"等名句。作为我国古代田园诗的创始人，陶渊明的田园诗从一开始就达到了后人难以企及的艺术水平。他的田园诗主要抒写了田园生活的乐趣及诗人对此的热爱，同时也不回避农村生活的苦楚，给后代士人铸就了一个桃花源，成了古代士人的精神家园。他的田园诗平淡自然，语言质朴而充满诗意，给后世树立了自然天成的艺术标准。后世学陶、拟陶、和陶者不计其数，而少有能达到陶渊明的艺术境界者。清代的沈德潜在《说诗晬语》中指出："陶诗胸次浩然，其有一段渊深朴茂不可到处。唐人祖述者，王右丞有其清腴，孟山人有其闲远，储太祝有其朴实，韦左司有其冲和，柳仪曹有其峻洁，皆学焉而得其性之所近。"唐代的王维、孟浩然、储光羲、韦应物、柳宗元是唐代田园诗的代表人物，他们都是属于陶渊明自然天成的一派，虽然各学所得，也各有所成，但都没有超越陶渊明。中国的田园诗在陶渊明笔下成熟，又在陶渊明处达到艺术的顶峰。

　　在陶渊明以前，我国的田园诗经历了漫长的酝酿阶段。《诗经》是我国古代文学的源头之一，田园诗也发源于此。《诗经》中有不少关于田园生活的描写，如《芣苢》描写了田家妇女于平原绣野之中欢快劳动的场景，《七月》描写了农奴们辛勤劳动的场景。《诗经》中描写田园生活的诗篇还有不少。不过，《诗经》中的诗篇都不是对田园生活或田园景色的直接描写，没有将田园生活作为真正的、直接的审美对象，还不是完整的田园诗，只能算是田园诗的萌芽。第一首真正的田园诗出自陶渊明笔下。从萌芽到成熟，田园诗经历了千年的时间，而且一经成熟就取得成功。这是田园诗的独特处。

田园诗的另一独特处是，它在陶渊明手里成熟后，并没有沿着陶渊明所开创的道路发展，而是沉寂了数百年，历经南北朝的萧条期，直到初唐的王绩手下才得以重新发展。王绩的田园诗以田园风景和田园生活为主要内容，风格质朴清新，如袁行霈先生评他的代表作《野望》："读熟了唐诗的人，也许并不觉得这首诗有什么特别的好处。可是，如果沿着诗歌史的顺序，从南朝的宋、齐、梁、陈一路读下来，忽然读到这首《野望》，便会为它的朴素而叫好。南朝诗风大多华靡艳丽，好像浑身裹着绸缎的珠光宝气的贵妇。从贵妇堆里走出来，忽然遇见一位荆钗布裙的村姑，她那不施脂粉的朴素美就会产生特别的魅力。王绩的《野望》便有这样一种朴素的好处。"袁先生的评价真是妥帖生动，王绩的朴素让他在田园诗的诗史中占有了一席之地，成为自陶渊明以来的第二位颇具影响力的田园诗人。

盛唐是一个诗歌的时代，田园诗也在这个时代得到了充分的发展，形成了山水田园诗派。葛晓音先生在《山水田园诗派》中如此界定山水田园诗派："所谓山水田园诗派，实际上包括三层内涵，就盛唐而言，指以王、孟为代表，包括祖咏、常建、储光羲等在内的一批风格相近的专长于山水田园的诗人；就唐代而言，则指王、孟、韦、柳；而就中国诗歌史而言，则应以陶、谢、王、孟、韦、柳为一个完整的体系。"山水田园诗派可说是源远流长，在中国诗歌史上占有重要的地位。学界以山水与田园合称这一诗派，是由于这些诗人的田园诗与山水诗风格相近，都以白描的手法表现出自然、淡雅的风格。从客观环境而言，田园也是山水的一部分，二者也不能完全分开。我们常说的山水田园诗派主要是就盛唐而言。盛唐的王维与孟浩然是这个诗派的代表，他们兼擅山水诗与田园诗。二人的田园诗都是受陶渊明平淡诗风的影响。同时二人的田园诗也略有差别。孟浩然的田园诗更多的是对田园生活的描写，表现出浓厚的田园生活气息，而诗人也常常就是田园生活的一部分，如他的《过故人庄》："故人具鸡黍，邀我至田家。绿树村边合，青山郭外斜。开轩面场圃，把酒话桑麻。待到重阳日，还来就菊花。"描写的就是诗人到故人农庄做客的一次经历。王维的诗被评为"诗中有画"，从中也可以见出他是重在农村风光的描写，如他的《新晴野望》："新晴原野旷，极目无垢氛。郭门临渡头，村树连溪口。白水明田外，碧峰出山后。农月无闲人，倾家事南亩。"诗歌主要是写景，农民的劳作是他田园景中的一部分。王维是以客观的眼光在欣赏着农村风景，并没有像孟浩然那样出现在诗歌中。

中唐是一个多变的时代，田园诗也在这个时代发生了很大的变化。中唐虽然有沿着盛唐山水田园诗派创作的韦应物与柳宗元，但田园诗的主流不再是此派的牧歌情调，而是转向表现农村的生活之苦，重点表现统治者对农民的压迫与剥削。元结、孟郊、张籍、王建、白居易等中唐诗人的作品都是以表现农民之苦为主题。霍松林先生在《论白居易的田园诗》一文中将表现农民之苦的这类诗歌也归纳成了一个重要的诗歌流派。他在文章中指出："元稹的《田家词》、李绅的《悯农二首》、张籍的《野老歌》（一作《山农词》）、《牧童词》、《山头鹿》、《江村行》和王建的《田家行》，等等，尽管角度不同，风格各异，却都揭露了官府的横暴和赋税的繁重，以同情的笔触勾画出多灾多难的农村图景，与白居易的田园诗同属于新的流派。"这一流派影响深远，"晚唐诗人皮日休的《橡媪叹》，杜荀鹤的《山中寡妇》、《题所居村舍》，聂夷中的《咏田家》，唐彦谦的《宿田家》，宋代诗人梅尧臣的《田家语》，李觏的《获稻》，张舜民的《打麦》，刘分文的《江南田家》，范成大的《四时田家杂兴》，章甫的《田家苦》，等等，都与白居易的田园诗精神相通。"虽然学界少有人承认白居易等人的田园诗能够构成一个新的诗派，但霍先生对表现农家之苦的田园诗的概括和梳理是非常准确而全面的。我们也认为田园诗歌的主题包括田园之苦与田园之乐。从田园诗主题的角度而言，至中唐，田园诗已经发展完备，后世的田园诗主要是沿着这两个主题创作。宋代堪称田园诗的繁荣期，它的繁荣就在于以大型组诗的形式充分表现了田园之乐与田园之苦，如范成大的《四时田园杂兴》六十首。

随着诗歌体裁的发展，田园题材也进入了词、曲等领域。田园词创作最引人注目的就是宋词的两大家苏轼和辛弃疾，二人的作品代表了田园词的最高成就。如苏轼的《浣溪沙》五首主要描写了农村的乡野风光和农村的风情物貌，为词的发展注入了新的元素。不过当时能够与之同道的词人非常少，直到南宋辛弃疾的出现，田园生活与田园风物才成为了词人的直接描写对象。辛弃疾的词将广泛的农村生活摄入词中，以白描的手法表现出了高超的艺术境界。如《清平乐·村居》中的"最喜小儿无赖，溪头卧剥莲蓬"，其情趣、境界、妙处让人无以言说。

元曲中也有不少田园题材的作品。田园曲的最大特色是多以渔父、樵夫为主人公，塑造一些超然世外的隐士形象，表现作者的归隐之志。如白朴有《双调·沉醉东风·渔夫》，乔吉有《中吕·满庭芳·渔父词》等，其他不以渔父名题的作品也是以塑造隐士形象为主。至元代，田园这一题材在各种体裁中都已经发展完备，明清时期田园诗和田园曲虽有不同程度的发展，但创新已经很少。

通过以上的简单梳理可见，中国古代的田园诗具有极强的生命力，它在前期的发展虽然比较缓慢，但一开始就取得了极高的成就，陶渊明的作品让田园之乐与隐逸之趣成为田园诗的主要表现范围。中唐田园之苦主题的出现与发展，扩展了田园诗的范围，让它更接近现实。它的生命力也正在于它的主题，隐逸的主题给了后代士人一个精神家园，反应农村之苦又让诗人们尽到了士大夫之责任。

本书的田园诗所取正是广义的田园诗，包括田园之乐与田园之苦的两类作品。主要选大家耳熟能详之作，侧重于名家与名篇。对于一些大家不太熟悉，但意旨较好、艺术手法成功的、比较典型的作品也予以收录。本书所选内容以诗歌为主，优秀的词作与曲作也加以收录。"题解"部分对诗歌的创作背景、内容主旨、艺术特色作简要介绍，力求精而简。"注释"部分主要解释一些生僻的字词。以此给读者的阅读提供一些帮助。

目 录

芣苢 《诗经·周南》 001

君子于役 《诗经·王风》 002

十亩之间 《诗经·魏风》 003

七月 《诗经·豳风》 003

江南 汉乐府 005

咏怀诗(八十二首选一)晋·阮籍 006

归园田居 晋·陶渊明 007

饮酒(二十首选四)晋·陶渊明 011

和郭主簿(二首选一)晋·陶渊明 015

戊申岁六月中遇火 晋·陶渊明 016

移居 晋·陶渊明 018

庚戌岁九月中于西田获早稻 晋·陶渊明 020

丙辰岁八月中于下潠田舍获 晋·陶渊明 021

读《山海经》(十三首选一)晋·陶渊明 022

杂诗(十二首选一)晋·陶渊明 023

田家(三首)唐·王绩 025

春日 唐·王绩 027

野望 唐·王绩 028

夜还东溪 唐·王绩 029

山中别李处士 唐·王绩 030

看酿酒 唐·王绩 031

尝春酒 唐·王绩 031

独酌 唐·王绩 032

秋夜喜遇王处士 唐·王绩 033

目 录

山夜调琴 唐·王绩   034

食后 唐·王绩   034

和夏日幽庄 唐·卢照邻   035

山庄休沐 唐·卢照邻   036

山林休日田家 唐·卢照邻   037

陆浑山庄 唐·宋之问   038

蓝田山庄 唐·宋之问   039

过故人庄 唐·孟浩然   040

夏日南亭怀辛大 唐·孟浩然   040

南山下与老圃期种瓜 唐·孟浩然   041

田家元日 唐·孟浩然   042

裴司士员司户见寻 唐·孟浩然   043

李少府与杨九再来 唐·孟浩然   044

采樵作 唐·孟浩然   045

仲夏归汉南园寄京邑旧游 唐·孟浩然   046

涧南即事贻皎上人 唐·孟浩然   047

田园作 唐·孟浩然   048

夜归鹿门山歌 唐·孟浩然   049

题农父庐舍 唐·丘为   050

淇上别业 唐·高适   051

田家春望 唐·高适   051

寄宿田家 唐·高适   052

归嵩山作 唐·王维   053

终南别业 唐·王维   054

目 录

辋川闲居赠裴秀才迪 唐·王维　　　　　　055

赠裴十迪 唐·王维　　　　　　056

辋川闲居 唐·王维　　　　　　057

积雨辋川庄作 唐·王维　　　　　　058

春中田园作 唐·王维　　　　　　060

春园即事 唐·王维　　　　　　061

山居即事 唐·王维　　　　　　062

山居秋暝 唐·王维　　　　　　063

田园乐七首 唐·王维　　　　　　064

酬虞部苏员外过蓝田别业不见留之作 唐·王维　　066

赠刘蓝田 唐·王维　　　　　　067

辋川别业 唐·王维　　　　　　068

渭川田家 唐·王维　　　　　　069

新晴野望 唐·王维　　　　　　070

田家 唐·王维　　　　　　071

钓鱼湾 唐·储光羲　　　　　　072

田家即事（二首选一）唐·储光羲　　　　　　072

田家杂兴（八首选三）唐·储光羲　　　　　　073

同王十三维偶然作（十三首选三）唐·储光羲　　075

樵父词 唐·储光羲　　　　　　077

渔父词 唐·储光羲　　　　　　078

牧童词 唐·储光羲　　　　　　078

堂成 唐·杜甫　　　　　　079

为农 唐·杜甫　　　　　　080

目 录

狂夫 唐·杜甫 081

田舍 唐·杜甫 082

南邻 唐·杜甫 083

江村 唐·杜甫 084

野老 唐·杜甫 085

客至 唐·杜甫 086

春夜喜雨 唐·杜甫 087

水槛遣心二首 唐·杜甫 088

宾至（一作有客）唐·杜甫 089

遭田父泥饮美严中丞 唐·杜甫 090

屏迹三首 唐·杜甫 091

舂陵行 唐·元结 092

贫妇词 唐·元结 094

农臣怨 唐·元结 095

偶然作 唐·刘长卿 096

田家 唐·顾况 097

过山农家 唐·顾况 097

囝 唐·顾况 098

渔父词 唐·张志和 099

南野 唐·戴叔伦 100

郊园即事寄萧侍郎 唐·戴叔伦 101

喜雨 唐·戴叔伦 102

女耕田行 唐·戴叔伦 103

观田家 唐·韦应物 104

目 录

秋郊作 唐·韦应物　　　　　　　　　　105

晚出沣上赠崔都水 唐·韦应物　　　　　105

授衣还田里 唐·韦应物　　　　　　　　106

休沐东还贵胄里示端 唐·韦应物　　　　107

郊居言志 唐·韦应物　　　　　　　　　108

幽居 唐·韦应物　　　　　　　　　　　109

野居 唐·韦应物　　　　　　　　　　　110

田家三首 唐·柳宗元　　　　　　　　　111

渔翁 唐·柳宗元　　　　　　　　　　　114

溪居 唐·柳宗元　　　　　　　　　　　115

雨后晓行至愚溪北池 唐·柳宗元　　　　116

秋晓行南谷经荒村 唐·柳宗元　　　　　116

独钓四首 唐·韩愈　　　　　　　　　　117

插田歌 唐·刘禹锡　　　　　　　　　　119

竹枝词（九首选一）唐·刘禹锡　　　　121

观刈麦 唐·白居易　　　　　　　　　　122

村居苦寒 唐·白居易　　　　　　　　　123

村夜 唐·白居易　　　　　　　　　　　124

悯农（二首）唐·李绅　　　　　　　　124

夜到渔家 唐·张籍　　　　　　　　　　125

牧童词 唐·张籍　　　　　　　　　　　126

野老歌 唐·张籍　　　　　　　　　　　127

田家行 唐·王建　　　　　　　　　　　127

雨过山村 唐·王建　　　　　　　　　　129

目 录

水夫谣 唐·王建   129

田家留客 唐·王建   131

田家 唐·王建   131

橡媪叹 唐·皮日休   132

农父谣 唐·皮日休   133

南园十三首（十三首选一）唐·李贺   134

田家 唐·聂夷中   135

伤田家 唐·聂夷中   136

村居书事 唐·韦庄   137

纪村事 唐·韦庄   138

畲田词五首（五首选三）北宋·王禹偁   139

江上渔者 北宋·范仲淹   140

破阵子·春景 北宋·晏殊   140

田家（四首选二）北宋·梅尧臣   141

田家语 北宋·梅尧臣   143

小村 北宋·梅尧臣   144

东溪 北宋·梅尧臣   145

田家 北宋·欧阳修   146

城南感怀呈永叔 北宋·苏舜钦   147

行香子 北宋·秦观   148

蚕妇 北宋·张俞   149

菩萨蛮 北宋·王安石   150

后元丰行（二首选一）北宋·王安石   150

歌元丰（五首选一）北宋·王安石   152

目 录

浣溪沙·徐门石潭谢雨道上作（五首）北宋·苏轼　152

鹧鸪天 北宋·苏轼　154

浣溪沙 北宋·苏轼　155

吴中田妇叹 北宋·苏轼　156

新城道中（二首选一）北宋·苏轼　157

有感三首（其三）北宋·张耒　158

田家（二首选一）北宋·张耒　159

田家 北宋·陈师道　159

山斋（二首）北宋·陈与义　160

游山西村 南宋·陆游　161

岳池农家 南宋·陆游　163

牧牛儿 南宋·陆游　164

春晚即事（二首）南宋·陆游　165

东西家 南宋·陆游　166

小园（四首选二）南宋·陆游　167

四时田园杂兴（六十首选十）南宋·范成大　168

缫丝行 南宋·范成大　170

田家留客行 南宋·范成大　171

催租行 南宋·范成大　171

后催租行 南宋·范成大　172

农家叹 南宋·杨万里　173

秋日晚望 南宋·杨万里　174

观稼 南宋·杨万里　175

插秧歌 南宋·杨万里　176

目 录

闲居初夏午睡起 南宋·杨万里　　　　　177

田家乐 南宋·杨万里　　　　　178

悯农 南宋·杨万里　　　　　178

促织 南宋·杨万里　　　　　179

圩丁词十解（十首选四）南宋·杨万里　　　　　179

满江红·山居即事 南宋·辛弃疾　　　　　181

鹊桥仙·己酉山行所见 南宋·辛弃疾　　　　　182

清平乐·村居 南宋·辛弃疾　　　　　182

清平乐·博山道中即事 南宋·辛弃疾　　　　　183

西江月·夜行黄沙道中 南宋·辛弃疾　　　　　184

沁园春·带湖新居将成 南宋·辛弃疾　　　　　185

南柯子 南宋·王炎　　　　　186

乡村四月 南宋·翁卷　　　　　187

新凉 南宋·徐玑　　　　　188

织妇叹 南宋·戴复古　　　　　188

江村晚眺 南宋·戴复古　　　　　189

田家谣 南宋·陈造　　　　　190

田家三咏（三首）南宋·叶绍翁　　　　　191

野步 南宋·周密　　　　　192

双调·沉醉东风·渔夫 元·白朴　　　　　193

双调·沉醉东风 元·胡祗遹　　　　　194

南吕·四块玉·闲适（四首选二）元·关汉卿　　　　　194

耕桑 元·戴表元　　　　　195

食淡 元·戴表元　　　　　196

目 录

苕溪 元·戴表元 197

采藤行 元·戴表元 198

双调·寿阳曲·渔村夕照 元·马致远 199

双调·寿阳曲·远浦归帆 元·马致远 200

双调·寿阳曲·江天暮雪 元·马致远 200

双调·雁儿落兼得胜令·退隐 元·张养浩 201

正宫·鹦鹉曲 元·白贲 202

双调·水仙子·田家 元·贯云石 203

中吕·满庭芳·渔父词（二十首选一）元·乔吉 203

双调·折桂令·农 元·刘时中 204

双调·折桂令·渔 元·刘时中 204

双调·折桂令·樵 元·刘时中 205

双调·折桂令·牧 元·刘时中 205

畦桑词 明·刘基 206

蚕妇 明·张羽 207

平原田家行 明·孙贲 208

田家行 明·高启 209

牧牛词 明·高启 210

养蚕词 明·高启 211

山行 明·王璲 212

荒村 明·于谦 213

暮春山行 明·祝允明 214

寨儿令·夏日即事 明·王九思 214

沉醉东风·蛙鼓 明·王磐 215

目 录

普天乐·秋雨 明·杨廷和　　　　　216

村晚 明·钱百川　　　　　217

玉江引·农家苦 明·冯惟敏　　　　　217

玉芙蓉·喜雨 明·冯惟敏　　　　　218

赠山叟 明·陈继儒　　　　　219

入村 明·袁中道　　　　　220

村翁行 明·何白　　　　　221

田家 明·黄淳耀　　　　　222

步步娇·泖上新居 明·施绍莘　　　　　223

江村（二首选一）清·黄宗羲　　　　　223

田园杂诗（十七首选七）清·钱澄之　　　　　224

渔家词 清·宋琬　　　　　227

过湖北山家 清·施闰章　　　　　228

真州绝句（五首选一）清·王士祯　　　　　229

山间杂兴 清·沈德潜　　　　　230

田间杂兴 清·沈德潜　　　　　230

渔家 清·郑燮　　　　　231

所见 清·袁枚　　　　　232

村中记所见 清·钱大昕　　　　　232

山行 清·姚鼐　　　　　233

渔樵曲 清·宋湘　　　　　234

田中歌 清·黎简　　　　　235

村北晚步 清·潘德舆　　　　　236

芣　苢①

《诗经·周南》

采采②芣苢，薄言③采之。
采采芣苢，薄言有之。
采采芣苢，薄言掇④之。
采采芣苢，薄言捋⑤之。
采采芣苢，薄言袺⑥之。
采采芣苢，薄言襭⑦之。

【题解】

　　这首诗是《诗经·国风·周南》中的一篇，描写了田家妇女于平原绣野之中欢快劳动的场景，塑造了一群辛勤劳动的妇女形象。诗歌以重章叠唱的形式形象地再现了女子采摘车前草的场景，从开始采摘到最后满载而归，整个劳动过程处处透露着女子的欢乐心情。全诗动词运用准确、生动。

【注释】

　　①芣苢（fú yǐ）：车前草，多年生草本植物。叶子可供食用，果实可入药。
　　②采采：采了又采。
　　③薄言：发语词。
　　④掇：拾取。
　　⑤捋：用手握物向一端滑动。
　　⑥袺（jié）：手执衣襟以承物。
　　⑦襭（xié）：翻动衣襟插于腰带内以承物。

君子于役

《诗经·王风》

君子于役①，不知其期。曷至哉？鸡栖于埘②，日之夕矣，羊牛下来。君子于役，如之何勿思！

君子于役，不日不月。曷其有佸③？鸡栖于桀④，日之夕矣，羊牛下括⑤。君子于役，苟无饥渴！

【题 解】

这首诗是《诗经·王风》中的一篇。诗歌描写了妻子对服役在外的夫君的思念。严格说来，这是一首闺怨诗，但是"鸡栖于埘，日之夕矣，羊牛下来"等描绘了田园间静谧的生活场景，是较早对田园生活进行具体描绘的诗歌。《诗经》中描绘田园生活场景的篇章还有不少，但都不是严格意义上的田园诗。

【注 释】

①役：服劳役。
②埘（shí）：墙上挖洞做鸡窠。
③佸（huó）：会合。
④桀：木桩。
⑤括：来。

十亩之间

《诗经·魏风》

十亩之间兮，桑者闲闲①兮。行②与子还兮。
十亩之外兮，桑者泄泄③兮。行与子逝兮。

【题 解】

　　这首诗是《诗经·魏风》中的一篇，诗歌描写了采桑女悠闲自得的劳动场景。诗人抓住采桑即将结束的一瞬间，表现了采桑女子在辛勤劳作之后却丝毫不疲倦的愉悦心情，反映了人们对劳动、生活的热爱。

【注 释】

　　① 闲闲：悠闲貌。
　　② 行：将。
　　③ 泄泄（yì）：迟缓貌。

七 月

《诗经·豳风》

　　七月流火，九月授衣。一之日觱发①，二之日栗烈。无衣无褐，何以卒岁？三之日于耜，四之日举趾。同我妇子，馌②彼南亩，田畯至喜。
　　七月流火，九月授衣。春日载阳，有鸣仓庚。女执懿筐，遵彼微行，爱求柔桑。春日迟迟,采蘩祁祁。女心伤悲,殆及公子同归。

七月流火,八月萑苇③。蚕月条桑,取彼斧斨,以伐远扬。猗彼女桑。七月鸣䴗④,八月载绩。载玄载黄,我朱孔阳,为公子裳。

四月秀葽,五月鸣蜩。八月其获,十月陨箨。一之日于貉,取彼狐狸,为公子裘。二之日其同,载缵武功,言私其豵⑤,献豜于公。

五月斯螽动股,六月莎鸡振羽。七月在野,八月在宇,九月在户,十月蟋蟀入我床下。穹窒熏鼠,塞向墐户。嗟我妇子,曰为改岁,入此室处。

六月食郁及薁⑥,七月亨葵及菽,八月剥枣,十月获稻,为此春酒,以介眉寿。七月食瓜,八月断壶,九月叔苴,采荼薪樗⑦,食我农夫。

九月筑场圃,十月纳禾稼。黍稷重穋,禾麻菽麦。嗟我农夫,我稼既同,上入执公宫。昼尔于茅,宵尔索绹。亟其乘屋,其始播百谷。

二之日凿冰冲冲,三之日纳于凌阴。四之日其蚤,献羔祭韭。九月肃霜,十月涤场。朋酒斯飨,曰杀羔羊。跻彼公堂,称彼兕觥⑧,万寿无疆。

【题解】

这首诗是《诗经·豳风》中的第一首,它详细地描写了奴隶们辛苦的劳动场景和悲惨的生活状况,揭示了奴隶主对奴隶们的残酷剥削,是奴隶们对奴隶主的有力控诉。这首长诗将季节、时令变化与人事变化紧密结合,有条有理、细致入微地将奴隶们的生活苦况表现出来,是《诗经》中的优秀作品。

【注 释】

① 觱发（bì bō）：寒风劲吹触物声。

② 馌（yè）：送饭给田间的人吃。

③ 萑（huán）苇：即芦苇。

④ 鵙（jú）：一种鸟，亦名"伯劳"。

⑤ 豵（zōng）：一岁的小猪。《毛传》："豕，一岁曰豵，三岁曰豜。"

⑥ 薁（yù）：一种野生的葡萄。

⑦ 樗（chū）：臭椿树。

⑧ 兕觥（sì gōng）：古代的酒器。

江　南

汉乐府

江南可采莲，莲叶何田田①！鱼戏莲叶间。鱼戏莲叶东，鱼戏莲叶西，鱼戏莲叶南，鱼戏莲叶北。

【题 解】

这首诗是一首乐府古辞，首见于沈约的《宋书·乐志》。诗歌描写了江南人民采莲时的快乐场景，以及青年男女的甜蜜心情。整首诗歌语言简洁，节奏轻快，全诗没有一句写人，但采莲人的欢快心情跃然纸上。最后四句的叠唱是民歌的特有表达方式，通过反复咏唱，再次展示了热闹的劳动场面和人们的愉悦心情。

【注 释】

① 田田：荷叶茂盛的样子。

咏怀诗 八十二首选一

晋·阮籍

其 六

昔闻东陵瓜①，近在青门外。
连畛距阡陌，子母相钩带。
五色曜朝白，嘉宾四面会。
膏火自煎熬，多财为患害。
布衣可终身，宠禄岂足赖？

【题 解】

　　阮籍的《咏怀诗》八十二首是一组大型的政治抒情组诗。阮籍生活于魏晋之际，面对司马氏的统治，他拒绝与司马氏合作，故作旷达来逃避迫害。他本有济世之志，无奈时不我与。《咏怀诗》的主题以隐晦著称，李善的以为是"百代之下，难以情测"。我们所选的这一首，以东陵侯种瓜的故事为描写对象，抒发了诗人以田园生活为乐、愿意抛弃荣禄的心志。

【注 释】

① 东陵瓜:《史记·萧相国世家》记载:"邵平者,故秦东陵侯。秦破,为布衣,贫,种瓜于长安城东。瓜美,故时俗为之东陵瓜。"此典意为隐居田园、避祸全身。

归园田居①

晋·陶渊明

其 一

少无适俗愿,性本爱丘山。
误落尘网中,一去三十年。
羁鸟恋旧林,池鱼思故渊。
开荒南野际,守拙②归园田。
方③宅十余亩,草屋八九间。
榆柳荫后园,桃李罗堂前。
暧暧④远人村,依依⑤墟里烟。
狗吠深巷中,鸡鸣桑树颠。
户庭无尘杂,虚室有余闲。
久在樊笼里,复得返自然⑥。

【题 解】

《归园田居》一共五首,作于晋安帝义熙二年(406)。晋安帝义熙元年的十一月,陶渊明辞去彭泽县令,归隐田园后创作了这组诗。这组诗以平淡自然的语言描绘了田园间各种怡人的景物以及田家生活的种种喜悦。在陶渊明的笔下，与浑浊的官场生活相比，田园生活更能给他带来无尽的欢乐。这组诗是陶渊明田园诗的代表作。这一首描绘了安静祥和的春天景色，而诗人的率真之情也贯穿其间。结尾处"久在樊笼里，复得返自然"让人心生无限感慨。

【注 释】

① 园田居：园田居是陶渊明少年时代的居所，在庐山附近。他大约在二十五岁前后离开此处，至五十五岁归隐，前后共约三十年。

② 守拙：保持自身的淳朴本性。

③ 方：方圆，周围。

④ 暧暧（ài）：昏昧貌。

⑤ 依依：依稀貌。

⑥ 自然：陶渊明所说的"自然"来自于老庄的哲学范畴。这里的"自然"有自由的意思。

【名 句】

久在樊笼里，复得返自然。

其　二

野外罕人事①，穷巷寡轮鞅②。

白日掩荆扉，对酒绝尘想。

时复墟曲③中，披草共来往。

相见无杂言，但道桑麻长。

桑麻日已长，我土日已广。

常恐霜霰至，零落同草莽。

【题解】

这首诗主要表明了诗人一心务农、断绝尘杂的决心。

【注释】

① 人事：世俗间的应酬交往。

② 轮鞅：代指车。

③ 墟曲：村落。

其 三

种豆南山下，草盛豆苗稀。

晨兴①理荒秽，带月荷②锄归。

道狭草木长，夕露沾我衣。

衣沾不足惜，但使愿无违。

【题解】

这首诗主要表现了陶渊明归隐田园后心境的宁静、充实、平和。

【注释】

① 晨兴：晨起。

② 荷（hè）：扛，背。

其 四

久去①山泽游，浪莽林野娱。
试②携子侄辈，披榛步荒墟。
徘徊丘陇间，依依昔人居。
井灶有遗处，桑竹残③朽株。
借问采薪者，此人皆焉如④。
薪者向我言，死没无复余。
一世异朝市，此语真不虚。
人生似幻化，终当归空无。

【题解】

这首诗描写陶渊明带领子侄辈游览山间的所见所感。三十年后故地重游，诗人发现经过战乱、疾疫、灾荒后，农村中处处都是凋敝的景象，由此更坚定了他归隐的决心。

【注释】

①去：放弃。
②试：姑且。
③残：残留。
④焉如：何往。

其 五

怅恨独策①还，崎岖历榛曲②。
山涧清且浅，遇以濯吾足。
漉③我新熟酒，双鸡招近局。

日入室中暗④，荆薪代明烛。

欢来⑤苦夕短，已复至天旭。

【题解】

这一首承接第四首，主要描写回家途中和到家之后的事情，展现了农村生活的质朴、邻里关系的和睦，让人心生向往。

【注释】

① 策：策杖，扶杖。
② 榛曲：草木丛生而又曲折隐蔽的道路。
③ 漉：过滤。
④ 暗：黑暗。
⑤ 来：语助词。

饮酒 二十首选四

晋·陶渊明

其 五

结庐①在人境，而无车马喧。

问君何能尔②，心远地自偏。

采菊东篱下，悠然见南山③。

山气④日夕佳，飞鸟相与还⑤。

此中有真意，欲辨已忘言⑥。

【题 解】

《饮酒》一共二十首，其前有序："余闲居寡欢，兼秋夜已长。偶有名酒，无夕不饮。顾影独尽，忽焉复醉。既醉之后，辄题数句自娱。纸墨遂多，辞无诠次。聊命故人书之，以为欢笑耳。"由序可知，以《饮酒》为题，只是因为这些诗歌都是作于饮酒之后，所以诗中并没有涉及酒。这首诗颇有理趣，其中的"心远地自偏"道出了归隐的真谛：真正的隐居不一定非得住岩洞、走峭壁而离绝人世，只要内心不为名利所牵、不为尘俗所扰就可以了。

【注 释】

　①结庐：建造房屋。
　②尔：如此。
　③南山：庐山。
　④山气：山间的云气。
　⑤相与还：结伴还山。
　⑥此中有真意，欲辨已忘言：这两句涉及魏晋玄学的言意之辨，是当
　　时士大夫最为关注的哲学命题。

【名 句】

采菊东篱下，悠然见南山。

其　七

秋菊有佳色，裛^①露掇^②其英。
泛^③此忘忧物^④，远我遗世情。
一觞聊独进，杯尽壶自倾。
日入群动息，归鸟趋林鸣。

啸傲^⑤东轩^⑥下，聊复得此生。

【题 解】

这首诗描写诗人采菊、喝酒的闲适生活，从中透露出陶渊明对生命的理解：生命的意义在于无拘无束。秋菊、归鸟等意象是陶渊明诗中常常出现的意象，象征着诗人高洁的品质。

【注 释】

①裛（yì）：沾湿。

②掇：拾。

③泛：浮。

④忘忧物：指酒。

⑤啸傲：啸：撮口出声。啸傲：放旷自得的样子。

⑥东轩：东窗。

其 九

清晨闻叩门，倒裳^①往自开。

问子为谁与？田父^②有好怀。

壶浆^③远见候，疑我与时乖^④。

褴缕^⑤茅檐下，未足为高栖。

一世皆尚同，愿君汨其泥。

深感父老言，禀气寡所谐。

纡辔^⑥诚可学，违己讵非迷^⑦！

且共欢此饮，吾驾不可回。

【题 解】

这首诗通过诗人与田父饮酒之事，表现了诗人归隐后放旷自得的生活，也表达了他不会重返仕途的决心。

【注 释】

① 倒裳：形容匆忙。
② 田父：老农。
③ 浆：古代一种有酸味的饮料。
④ 乖：乖离。
⑤ 缊缕：同"褴褛"，指衣服破烂。
⑥ 纤辔：回驾。
⑦ 迷：误。

其十四

故人赏我趣，挈①壶相与至。
班荆坐松下，数斟已复醉。
父老杂乱言，觞酌失行次②。
不觉知有我，安知物为贵？
悠悠③迷所留④，酒中有深味。

【题 解】

这首诗写诗人与故人饮酒的情景。其中的"不觉知有我，安知物为贵"写出了酒醉的心理和生理状态。这也正是陶渊明所追求的人生境界。由酒而见出人生，正是魏晋名士的风韵。

【注 释】

① 挈：提。

② 失行次：行次：行列次第。失行次：不拘礼节。

③ 悠悠：闲适之貌。

④ 留：止。

和郭主簿① 二首选一

晋·陶渊明

其 一

蔼蔼②堂前林，中夏贮③清阴。

凯风④因时来，回飙⑤开我襟。

息交游闲业，卧起弄书琴。

园蔬有余滋，旧谷犹储今。

营己良有极，过足非所钦。

春秫⑥作美酒，酒熟吾自斟。

弱子戏我侧，学语未成音。

此事真复乐，聊用忘华簪。

遥遥望白云，怀古一⑦何深。

【题 解】

　　《和郭主簿》共两首，约作于晋孝帝太元二十一年（396）。此为第一首。从其所写景物来看应作于夏天。这首诗以自然的语言、平淡的语调写出了田园生活的乐趣，而且在其中抒发了怀古之幽情，使诗歌的意境既淳朴又深远。

【注 释】

① 郭主簿：不详何人。主簿：官名。
② 蔼蔼：茂盛之貌。
③ 贮：贮存。
④ 凯风：南风。
⑤ 回飚：回风。
⑥ 秫：黏稻。
⑦ 一：助词，加强语气。

戊申岁六月中遇火

晋·陶渊明

草庐寄穷巷，甘以辞华轩①。
正夏②长风急，林室顿烧燔。
一宅无遗宇，舫舟荫门前。
迢迢③新秋夕，亭亭月将圆。
果菜始复生，惊鸟尚未还。
中宵伫遥念，一盼周九天④。
总发⑤抱孤介，奄出四十年。
形迹凭化⑥往，灵府长独闲。
贞刚自有质，玉石乃非坚。
仰⑦想东户时，余粮宿中田。

鼓腹无所思，朝起暮归眠。⑧
既已不遇兹，且遂灌我园。⑨

【题 解】

"戊申"指晋安帝义熙四年（408）。陶渊明归隐后过着安静淡然的生活，然而一场大火打破了这场平静。诗人面对大火的破坏虽然有短暂的忧虑，但随即归于平静。这首诗写得真切自然，面对火灾诗人有焦虑，这是人之常情。而在火灾面前，他以平淡的生活理念消除了大火带来的灾难。"仰想东户时"几句表现了诗人向往原始社会真淳朴素生活的心愿，与《桃花源记》所载异曲同工。

【注 释】

① 华轩：华美的车子。

② 正夏：当夏。

③ 迢迢：高远之貌。

④ 九天：指中央八方。

⑤ 总发：束发、总角，古代男孩成童时束发髻为两角，用以指代成童的年龄。

⑥ 化：指事物不可抗拒之变化规律。

⑦ 仰：企慕。

⑧ 鼓腹无所思，朝起暮归眠：《庄子·马蹄》："夫赫胥氏之时，民居不知所为，行不知所之，含哺而熙，鼓腹而游，民能以此矣。"这两句的意思是无忧无虑，只要辛勤劳动就可以了。

⑨ 既已不遇兹，且遂灌我园：灌园：《史记·邹阳列传》："是以孙叔敖三去相而不悔，于陵子仲辞三公为人灌园。"这两句意为既然不能生活在东户、赫胥氏的时代，那就独自隐居劳作。

移 居

晋·陶渊明

其 一

昔欲居南村，非为卜其宅①。
闻多素心人，乐与数②晨夕。
怀此颇有年，今日从兹役③。
敝庐何必广，取足蔽床席。
邻曲④时时来，抗言⑤谈在昔。
奇文⑥共欣赏，疑义相与析。

【题解】

　　陶渊明有多处居所，南村具体处于何地难以确指。此时的移居究竟是从何处移到南村，由于材料的缺乏，不敢妄下结论。诗的写作年代也有待考证。这两首诗的语言清新，直白处有如口语。但是又于直白中表现了亲密和谐的邻里之情，而诗人躬耕的乐趣也溢于言表。其中的"奇文共欣赏，疑义相与析"，向来为人称道。

【注释】

　　① 非为卜其宅：意思是指移居南村并不是因为南村的住宅有多好。
　　② 数（shuò）：屡次。
　　③ 役：事。
　　④ 邻曲：邻居。
　　⑤ 抗言：高言。
　　⑥ 奇文：指陶渊明与朋友所作的文章，也可能是指前人的文章。

【名句】

奇文共欣赏，疑义相与析。

其 二

春秋多佳日，登高赋新诗。

过门更①相呼，有酒斟酌之。

农务各自归，闲暇辄相思。

相思则披衣，言笑无厌时。

此理将不胜，无为忽去兹。

衣食当须纪②，力耕③不吾欺④。

【题解】

这首诗体现了陶渊明田园生活的另一个侧面。在移居南村之后，诗人便和友人郊游登高，乐趣无穷。但他不忘记躬耕的本分，谨记要通过自己的劳动，解决生计问题。

【注释】

① 更：更替轮流。

② 纪：理，经营。

③ 力耕：尽力从事农活。

④ 不吾欺：不欺吾。

庚戌岁九月中于西田获早稻

晋·陶渊明

人生归有道，衣食固其端^①。

孰是都不营^②，而以求自安？

开春理常业，岁功^③聊可观。

晨出肆微勤^④，日入负禾还。

山中饶^⑤霜露，风气亦先寒。

田家岂不苦？弗获辞此难^⑥。

四体诚乃疲，庶无异患干。

盥濯息檐下，斗酒散襟颜。

遥遥沮溺心^⑦，千载乃相关。

但愿长如此，躬耕非所叹。

【题 解】

庚戌岁是晋安帝义熙六年（410）。西田是陶渊明的一处田产。这首诗描写了陶渊明参加劳动的过程和体会，表明了诗人向往的是长沮、桀溺等人躬耕的隐居态度。陶渊明隐居的态度是坚持参加农业劳动，他将这看作是人们谋求生活的必要方式，而不是与世隔绝的清高态度。这是体现陶渊明躬耕思想的重要诗篇。

【注 释】

① 端：开始。

② 营：经营。

③ 岁功：一年的收成。

④ 微勤：轻微劳动。

⑤饶：多。

⑥此难：耕作的艰辛。

⑦沮溺心：《论语·微子》：长沮、桀溺耦而耕。……曰："滔滔者天下皆是也，而谁以易之？且而与其从辟人之士也，岂若从辟世之士哉？"

丙辰岁八月中于下潠田舍①获

晋·陶渊明

贫居②依稼穑，戮力东林隈③。

不言春作苦，常恐负所怀。

司田④眷有秋，寄声与我谐。

饥者欢初饱，束带⑤候鸣鸡。

扬楫越平湖，泛随清壑回。

郁郁荒山里，猿声闲且哀。

悲风爱静夜，林鸟喜晨开。

曰余作此来，三四星火颓⑥。

姿年⑦逝⑧已老，其事未云乖。

遥谢荷蓧翁⑨，聊得从君栖。

【题 解】

这首诗描写诗人在得知自家的稻谷成熟后，迫不及待地去收割的激动心情。诗人一路跋山涉水，但丝毫不觉疲倦。通过与古之隐者荷蓧翁的隔空对话，表现了诗人隐居、躬耕之心愿。

【注 释】

① 下潠（sùn）田舍：陶渊明的一处田庄。

② 贫居：不受官禄，甘居贫贱。

③ 隈：山水等弯曲的地方。

④ 司田：本指官名。这里指为陶渊明管理田庄的人。

⑤ 束带：指结好衣带，穿好衣服。

⑥ 三四星火颓：星火：指古代的星名，即火星。颓：向下降。夏历的五月黄昏，火星现于正南方，六月以后偏西，入秋更低向西方，所以说"颓"。星火颓，代指秋季。三四星火颓，即已经过了十二年。

⑦ 姿年：姿容与年龄。

⑧ 逝：助词，调节音节。

⑨ 荷蓧翁：古代躬耕的隐士。

读《山海经》 十三首选一

晋·陶渊明

孟夏草木长，绕屋树扶疏。

众鸟欣有托，吾亦爱吾庐。

既耕亦已种，时 ^① 还读我书。

穷巷隔深辙，颇回故人车。

欢言酌春酒，摘我园中蔬。

微雨从东来，好风与之俱。

泛览《周王传》^②，流观《山海》图。

俯仰终宇宙，不乐复何如？

【题 解】

《读〈山海经〉》共十三首，是陶渊明读《山海经》及其图所作。从其描写的生活来看，写作时间与《归园田居》相近，约作于晋安帝义熙二年（406）。这是第一首，主要描写了诗人隐居时在躬耕之余的读书、饮酒之乐趣，透露出诗人对现有生活的满足。"众鸟欣有托，吾亦爱吾庐"是陶渊明诗特有的意境。"俯仰终宇宙，不乐复如何"，简单的十个字写出了读书的无穷乐趣。这首诗最能代表陶渊明自然、淡雅的诗风。

【注 释】

①时：时常，经常。
②《周王传》：即《穆天子传》。

【名 句】

众鸟欣有托，吾亦爱吾庐。

杂诗 十二首选一

晋·陶渊明

其 二

白日沦①西阿，素月出东岭。
遥遥万里辉，荡荡②空中景。

风来入房户，中夜枕席冷。

气变悟时易，不眠知夕永。

欲言无予和，挥杯劝孤影。

日月掷人去，有志不获骋③。

念此怀悲凄，终晓④不能静。

【题解】

《杂诗》共十二首，约作于晋安帝义熙十年（414）前后，此时陶渊明五十岁左右，已躬耕园田十年之久。在躬耕的岁月中，诗人感到获得了自由，时时透出对生活的满足。然而，诗人年少时也曾有远大的济世志向，这种志向虽然在隐居的岁月中逐渐隐退，但终究会在适当的时候重新涌动。这首诗即透露出这样的信息。如"日月掷人去，有志不获骋"，坦言时光流逝，而自己却只能在孤独寂寞中蹉跎人生，早年济世的志向渐渐被磨灭，心中的遗憾与不甘溢于言表。

【注释】

①沦：沉沦，落下。

②荡荡：广大。

③骋：施展，发挥。

④终晓：直到天明。

田家 三首

唐·王绩

其 一

阮籍生涯懒，嵇康意气疏^①。

相逢一醉饱，独坐数行书。

小池聊养鹤，闲田且牧猪。

草生元亮^②径，花暗子云^③居。

倚床看妇织，登垄课儿锄。

回头寻仙事，并是一空虚。

【题解】

　　王绩的《田家》共三首，主要描写隐居其间的日常生活。王绩是隋末大儒王通的弟弟，受家学影响，早年颇有济世之志。后来由于仕途上的长期失意，王绩萌生了隐居的愿望。在经历了隋末唐初的社会大动荡后，他终于走上了隐居的道路，他的大部分人生也是在隐居中度过的。在隐居期间，王绩写了不少农村生活气息浓厚的田园诗。这三首诗描写诗人隐居期间读书、饮酒、游赏等自得生活，语言质朴自然，在内容和风格上都与陶渊明相似。

【注 释】

①疏：疏散，不受约束。阮籍与嵇康是西晋名士，二人同为"竹林七贤"，他们崇尚自然、反对名教。这两句是以阮籍与嵇康自喻。

②元亮：陶渊明，字元亮。

③子云：西汉学者扬雄。扬雄少年好学，晚年家庭贫困，很少有人进

他家门。子云居又称"扬子宅"，代指贤而贫困者的住宅。

【名句】

相逢一醉饱，独坐数行书。

其 二

家住箕山下，门枕颍川滨①。
不知今有汉，唯言昔避秦。②
琴伴前庭月，酒劝后园春。
自得中林士③，何忝上皇人④。

【题解】

本诗抒写出诗人诗意、闲适的隐居生活，将箕山之美描画得令人向往。

【注释】

①箕山: 在今河南登封县。颍川: 源出河南登封县西部的颍谷。皇甫谧《高士传》记载，隐士许由避尧于"颍水之阳，箕山之下"，后来又认为尧的利禄之言污染了他的耳朵，遂跑到颍水边清洗耳朵。这两句是以隐士许由自喻。

②这两句源于陶渊明《桃花源记》："自云先世避秦时乱，率妻子邑人来此绝境，不复出焉，遂与外人间隔。问今是何世，不知有汉，无论魏晋。"

③中林士: 隐士。

④上皇人: 即羲皇上人，太古时代的人。比喻为生活自在、闲适的人。

【名句】

琴伴前庭月，酒劝后园春。

其 三

平生唯酒乐，作性不能无。
朝朝访乡里，夜夜遣人酤。
家贫留客久，不暇道精粗^①。
抽帘持益炬，拔簀^②更燃炉。
恒闻饮不足，何见有残壶。

【题解】

本诗中最突出描写的是诗人天性爱酒，放达任性的精神品格。"夜夜遣人酤"和"何见有残壶"两句更是如见其人之描写，诗人身上的魏晋风度俱现。

【注 释】

① 精粗：代指食物的精细和粗糙。
② 簀（zé）：竹席。

春 日

唐·王绩

前旦出园游，林华都未有。

今朝下堂来，池冰开已久。

雪被南轩梅，风催北庭柳。

遥呼灶前妾，却报机中妇。

年光恰恰来，满瓮营^①春酒。

【题解】

"春日"又作"早春"。这首诗描写了诗人发现春天到来时的喜悦心情。诗人天天在等待着春天的到来，而某一日发现春天突然到来，遂掩饰不住内心的狂喜，赶紧告诉正在劳作的妻妾，并准备及时地酿造春酒。

【注释】

①营：酿造。

野 望

唐·王绩

东皋^①薄暮望，徙倚^②欲何依？

树树皆秋色，山山唯落晖。

牧人驱犊^③返，猎马带禽归。

相顾无相识，长歌怀采薇^④。

【题 解】

　　这首诗是王绩最为出色的作品，也是初唐少有的名篇，描写了秋日傍晚的山间景色。此时诗人的生活总体而言是闲适的，但从中也透露出苦闷与彷徨，这是由于诗人早年的济世之志尚未完全磨灭。此诗描写景物非常出色，静态与动态、远景与近景相互配合。

【注 释】

　　①皋：水边之地。这里的"东皋"暗用陶渊明《归去来兮辞》中"登东皋以舒啸"的句意。

　　②徙倚：徘徊。

　　③犊：小牛。

　　④采薇：伯夷与叔齐在周武王灭掉商朝后隐居首阳山，采薇而食，誓不食周粟。此处表示诗人有易代的感觉。

【名 句】

　　树树皆秋色，山山唯落晖。

夜还东溪

唐·王绩

　　石苔应可践，丛枝幸易攀。
　　青溪归路直，乘月夜歌还。

【题解】

　　东溪，又叫清溪。这首诗描写了诗人的一次夜行经历。诗人踩着苔藓，攀援着树枝，在月色着中哼着歌，这场景是多么的愉快！由此可见当时诗人的心情是愉悦的。诗人在放弃世间功名、决意归隐田园后，心情虽偶有不平，但总体是满意的。

山中别李处士

唐·王绩

　　为向东溪道，人来路渐赊^①。
　　山中春酒熟，何处得停车。

【题解】

　　处士是汉代通行的一种社会称谓，后来一般指有德而未为官的人。李处士，姓名不详。这首诗写诗人与李处士在山中告别。眼看春酒将要酿好了，可友人却走了，不知何日能再重逢。

【注释】

　　①赊：遥远。

看酿酒

唐·王绩

六月调神曲^①，正朝^②汲美泉。
从来作春酒，未省不经年。

【题 解】

王绩在隐居期间常常提到的人是陶渊明，他在隐居期间写的不少田园诗在内容和风格上都与陶渊明极其相似。其中，"酒"常常出现在其诗当中。王绩在隐居期间也是过着诗酒生活。这首诗描写酿酒的大致过程，后面的《尝春酒》与《独酌》也都与饮酒相关。王绩是希望在诗、酒中消除心中的不平，以酒来表现自己的旷达。

【注 释】

① 神曲：非常好的酿酒的酵母。
② 正朝：正月初一。

尝春酒

唐·王绩

野觞浮^①郑酌^②，山酒漉陶巾^③。
但令千日醉，何惜两三春。

【题 解】

本诗亦写诗人爱美酒。"漉陶巾"、"千日醉"生动体现诗人潇洒任性的品格。

【注 释】

①浮：如同今天说倒满一杯。

②郑酌：指自酿的美酒。

③漉陶巾：漉：过滤。陶巾：陶渊明喝酒时常将头巾用来滤酒。沈约的《宋书·陶潜传》记载："郡将候潜，值其酒熟，取头上葛巾漉酒，毕，还复著之。"

独　酌

唐·王绩

浮生①知几日，无状逐空名。

不如多酿酒，时向竹林②倾。

【题 解】

这首诗表明了一种人生苦短、以酒作乐的生活态度。

【注 释】

①浮生：指生命无常，世事变化。

② 竹林：晋有"竹林七贤"，指阮籍、嵇康、山涛、刘伶、阮咸、向秀、王戎，七人常常在竹林之下肆意饮酒，世人称为"竹林七贤"。王绩这里用其典故，表示自己要像"竹林七贤"那样不拘礼节，肆意饮酒。

秋夜喜遇王处士

唐·王绩

北场芸①藿②罢，东皋刈黍归。
相逢秋月满，更值夜萤飞。

【题 解】

王绩在唐初弃官归隐，居住在东皋，自号"东皋子"。他在隐居期间主要是过着诗酒相娱的生活，不过他偶尔也学陶渊明躬耕。这首诗便描写了诗人在田间劳动归来的秋夜，遇见了友人王处士。这种相遇是非常愉快的。诗的后面两句对自然景色的描写，既写出了山间独有的夜色，也反映出了诗人的心情，是典型的情景交融。

【注 释】

① 芸：通"耘"。
② 藿：豆类植物的叶子。

山夜调琴

唐·王绩

促轸^①乘明月，抽弦对白云。
从来山水韵^②，不使俗人闻。

【题 解】

王绩除了爱酒，琴也是他隐居期间不可缺失的伴侣。他曾经改编琴曲《山水操》，受到当世人的称赞。他以琴排遣心中的不平之气，也用琴来抒发自己的高远之志。这首诗描写夜间弹琴，也是以琴来表达自己不同于流俗的高雅情趣。

【注 释】

① 促轸（zhěn）：拧紧琴弦，代指弹琴。
② 山水韵：抒写山水之情的音乐。此处主要指高妙的琴曲。

食 后

唐·王绩

田家无所有，晚食遂为常。
菜剪三秋绿，飧炊百日黄^①。
胡麻山麨样^②，楚豆^③野麋方^④。
始暴松皮脯，新添杜若浆。

葛花消酒毒⑤，萸蒂发羹香。
鼓腹聊乘兴，宁知逢世昌。

【题 解】

　　这首诗历数了田家生活的食物。田家人生活简单，所食之物都是取自田间、山间，这些食物虽然简单、粗糙，但也堪称美味。诗人对这样的生活、这样的食物是非常满意的。这首五言排律，王绩写得通俗而不失高雅，表现了他隐居时真率自然的生活状态，具有魏晋士人的旷达之风。

【注 释】

　　① 百日黄：指生长一百天即成熟的粮食。
　　② 胡麻：即芝麻。麨（chǎo）：熟了的干粮。
　　③ 楚：一种落叶灌木，它的果实既可以入药，也可以食用。果实称
　　　　"楚豆"。
　　④ 方：比拟。
　　⑤ 消酒毒：解酒。

和夏日幽庄

唐·卢照邻

闻有高踪客，耿介坐幽庄。
林壑人事少，风烟鸟路长。
瀑水含秋气，垂藤引夏凉。

苗深全覆陇，荷上半侵塘。

钓渚青凫没，村田白鹭翔。

知君振奇藻^①，还嗣海隅芳^②。

【题解】

幽庄指田舍、山庄。题为《和夏日幽庄》，又作《初夏日幽庄》。从诗意来看，应该是酬答"高踪客"之作，作"和"更合诗意。这首诗描写了幽庄静谧、幽美的风光，刻画了一个与世无争、放情山水的"高踪客"形象。"高踪客"的姓名、事迹不详。此诗写景清新自然，语言较为清丽。这是卢照邻田园诗的共有特色。

【注释】

① 奇藻：指诗文词采奇妙。

② 还嗣海隅芳：曹植《与杨德祖书》："公干振早于海隅。"

山庄休沐

唐·卢照邻

兰署^①乘闲日，蓬扉狎遁栖^②。

龙柯疏玉井，风叶下金堤^③。

川光摇水箭，山气上云梯。

亭幽闻唳鹤，窗晓听鸣鸡。

玉轸^④临风奏，琼浆^⑤映月携。

田家自有乐，谁肯谢青溪？

"休沐"即休假的意思。这首诗描写诗人休假时回到自己的田舍，过着诗酒相娱、怡然自乐的生活，表现了诗人对田园生活的喜爱。

【注 释】

① 兰署：兰台，唐代指秘书省。
② 遁栖：隐居山林。
③ 金堤：石堤。
④ 轸：弦乐器上转动弦线的轴。
⑤ 琼浆：指酒。

山林休日田家

唐·卢照邻

归休乘暇日，馌稼^①返秋场。
径草疏王篲^②，岩枝落帝桑。
耕田虞讼寝，凿井汉机忘。
戎葵朝委露，齐枣夜含霜。
南涧泉初冽^③，东篱菊正芳。
还思北窗下，高卧偃羲皇。

【题 解】

"休日"即休假。这首诗描写了田家幽美的风光和田家人忙碌的生活场景，表现了诗人对田园生活的向往。诗歌的最后四句是从陶渊明的田园诗中化出的，卢照邻是极力想写出陶渊明田园诗的韵味来，但从用词来看，还是有失陶渊明的平淡自然又意境深远的特色。

【注 释】

①馌（yè）：给耕作者送食物。
②篲（huì）：扫帚。
③冽：寒冷。

陆浑山庄

唐·宋之问

归来物外情，负杖阅岩耕。
源水看花入，幽林采药行。
野人相问姓，山鸟自呼名。
去去独吾乐，无能愧此生。

【题 解】

陆浑，山名，俗名方山，在今天河南嵩县北。宋之问在此有居所。这首诗是宋之问的早期作品，具体写作年代不详。宋之问一生宦海沉浮，始终没有下定决心归隐田园。但是他有一颗热爱自然的心，这是毋庸置疑的。他在短暂的山庄生活中写了不少优秀的山水田园诗。这首诗描写了诗人居住山庄期间的悠闲生活，山庄中清幽怡人的景色也见诸笔端，这种生活状态与景色让诗人产生了隐退的愿望。此诗的语言自然、平淡，

但其中又透出一种高古的韵味，是宋之问的优秀之作。

蓝田山庄

唐·宋之问

宦游非吏隐，心事好幽偏。
考室①先依地，为农且用天。
辋川朝伐木，蓝水暮浇田。
独与秦山②老，相欢春酒前。

【题解】

宋之问的山庄在蓝田的辋川。此"辋川"即王维诗中的"辋川"，初为宋之问所有，后为王维所得。蓝田，京兆府属县，今属陕西省。这首诗作于宋之问刚刚建造山庄时，时间约为延载元年（649），此时宋之问在京兆府为官。此诗描写在蓝田辋川别业的生活，很有陶渊明田园诗的意蕴。宋之问与沈佺期对律诗的定型起了很大的作用，这首律诗中间两联的对仗非常工巧，又流转轻盈，语淡而味浓，是一首成功的五律田园诗。

【注 释】

①考室：成室。
②秦山：秦岭。

过故人庄

唐·孟浩然

故人具鸡黍，邀我至田家。
绿树村边合，青山郭外斜。
开轩面场圃，把酒话桑麻。
待到重阳日，还来就菊花。

【题解】

　　这首诗是孟浩然田园诗的代表作，也是中国古代田园诗的著名作品之一。此诗叙述诗人到友人家作客的温馨场景，从受邀直至离别，诗人依据时间一一道来。在作客的过程中，诗人对所见到的田间景物也是一一道来，将田家人朴实的友情和田园幽静的风光很好地融合在一起，诗人对此的喜爱和赞美之情也自然流露出来。全诗语言简洁、自然，叙事、写景、抒情明白如话，无需注释就可以明白诗意。以如此简洁质朴的语言写出如此韵味的诗歌，在陶渊明之后也就是孟浩然了。

【名句】

　　待到重阳日，还来就菊花。

夏日南亭怀辛大

唐·孟浩然

山光忽西落，池月渐东上。

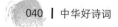

散发乘夕凉，开轩卧闲敞。

荷风送香气，竹露滴清响。

欲取鸣琴^①弹，恨无知音赏。

感此怀故人，中宵劳梦想。

【题解】

辛大指排行第一的辛姓人，是孟浩然的好友，具体名字不详。这首诗描写了诗人在夏日的傍晚在自家纳凉的舒适情景以及对友人辛大的深切怀念。全诗主要是写景，所选的景物也是日常所见，但是由于诗人将主观感受写进了景物中，所以普通的景物也显得诗意盎然。这是一首五言古体诗，但是吸收了近体诗音律和形式上的某些特点，中间六句似对非对，既有对仗的节奏，又给人行云流水的朴素美。

【注释】

① 鸣琴：晋阮籍《咏怀诗》中有"夜中不能寐，起坐弹鸣琴"之句。

南山下与老圃期种瓜

唐·孟浩然

樵牧南山^①近，林间北郭^②赊^③。

先人留素业^④，老圃^⑤作邻家。

不种千株橘，惟资五色瓜^⑥。

邵平能就我，开径剪蓬麻。

【题 解】

　　孟浩然祖上在襄阳老家有产业，这首诗主要描写诗人隐居襄阳期间与老农一起种瓜的情景。诗人远离尘世，隐居在老家过着自给自足的生活，他对先辈们给他留下了一点产业非常感激，能够与老农为邻、并与他一起种瓜也是他生活中的一大乐事。整首诗体现了诗人对隐居生活的满足。这是一首五言律诗，前三联对仗，这在孟浩然的诗中是比较少见的。但是这三联对仗却极为自然，丝毫没有雕琢的痕迹。

【注 释】

①南山：具体地点指襄阳岘山之南。这里有"隐居"的意思。
②北郭：北城。
③赊：远。
④先人留素业：指孟浩然在襄阳有老宅。
⑤老圃：老农。
⑥五色瓜：五色瓜也叫东陵瓜。《史记》记载："邵平者，故秦东陵侯，秦破，为布衣，贫，种瓜于长安城东。瓜美，故时俗谓之东陵瓜。"

田家元日

唐·孟浩然

昨夜斗回北①，今朝岁起东。
我年已强仕②，无禄尚忧农。
桑野就耕父，荷锄随牧童。
田家占气候，共说此年丰。

【题 解】

　　元日是农历的正月初一，也就是今天所说的春节。这首诗描写诗人在春天来临之际与耕夫、牧童一起劳作的场景。此时诗人已经四十岁，但尚无官无禄，过着与农夫为伍的躬耕生活。这对于早年怀有济世之志的诗人来说是心有不甘的。但是，在经历了亲身劳动之后，诗人又从中感到了快乐，不平之气也就化解在对五谷丰收的期待中。全诗的语言清新质朴，富有农家生活气息。

【注 释】

　　①斗回北：北斗星从北面回转，斗柄指向东边，指春天来了。古代以北斗星的方向计算月令。"斗北回"与"岁启东"都是指春天来了。

　　②强仕：指四十岁。《礼记正义》记载："三十曰壮，有室。四十曰强，而仕。"

裴司士员司户见寻

唐·孟浩然

府僚能枉驾，家酝复新开。
落日池上酌，清风松下来。
厨人具鸡黍，稚子摘杨梅。
谁道山公醉①，犹能骑马回。

【题 解】

　　裴司士，指姓裴的司士参军。员司户，指姓员的司户参军。二人的姓名均不详。这首诗描写友人裴司士与员司户来访的情景。孟浩然虽然不为官，但也时有官场友人来探访。诗人对友人是客气、热情的，给他们准备了自家新酿的酒，也备好了可口的饭菜，还摘下了新鲜的杨梅。诗人与友人饮酒交谈，自然亲切，其乐融融，没有官场的礼节束缚，表现了诗人热情、率真、旷达的性格。

【注 释】

① 山公醉：山公，指晋山简。《世说新语》记载："山季伦（山简）为荆州，时出酣畅。人为之歌曰：'山公时一醉，径造高阳池。日莫倒载归，酩酊无所知。复能乘骏马，倒著白接篱。举手问葛疆，何如并州儿。'高阳池在襄阳，疆是其爱将，并州人也。"

李少府与杨九再来

唐·孟浩然

弱岁①早登龙②，今来喜再逢。
如何春月柳③，犹忆岁寒松。
烟火临寒食，笙歌达曙钟。
喧喧斗鸡道，行乐羡朋从。

【题 解】

李少府，即李皓，当时任襄阳县尉。杨九，名字不详。这首诗也是描写友人来访，但情调与上首明显不同。诗人对来访者充满赞美之语，但情感没有上首自然，语言表达也稍嫌生硬。

【注 释】

① 弱岁：弱冠。古代男子以二十为成人，初加冠。

② 登龙：即登龙门。这里指进士及第。

③ 春月柳：《晋书·王恭传》记载："王恭字孝伯，少有美誉，清操
过人……恭美姿仪，人多爱悦，或目之云：'濯濯如春月柳。'"
此处也指男子姿仪美好。

采樵作

唐·孟浩然

采樵入深山，山深树重叠。
桥崩卧槎^①拥，路险垂藤接。
日落伴将稀，山风拂薜衣^②。
长歌^③负轻策，平野望烟归。

【题 解】

　　这首诗描写入深山砍柴的经历。采樵是作为隐士非常重要的日常行
为。此诗描写诗人砍柴时的轻快心情非常传神，展示了诗人作为隐士的
风神。诗歌的第三、四句带有六朝诗歌的雕琢之气，但整体上境界舒朗，
体现了诗人萧散的个性。

【注 释】

① 槎（chá）：水中的浮木。

② 薜衣：由薜荔制成的衣服。薜荔是一种香草，又称木莲，常绿藤
　本植物。
③ 长歌：高歌。

仲夏归汉南园寄京邑旧游

唐·孟浩然

尝读《高士传》①，最嘉陶征君②。
日耽田园趣，自谓羲皇人。
予复何为者，栖栖③徒问津。
中年废丘壑，十上④旅风尘。
忠欲事明主，孝思侍老亲。
归来当炎夏，耕稼不及春。
扇枕北窗下，采芝南涧滨。
因声谢同列，吾慕颍阳⑤真。

【题 解】

　　仲夏指夏季的第二个月，也就是农历的五月。汉南园是孟浩然在襄
阳南郊的庄园。孟浩然幼年学习刻苦，他曾在《书怀贻京邑古人》中说："家
世重儒风"。同时，孟浩然也雅好汉代庞德公的高风，曾与人同隐居于
襄阳县东南的鹿门山。唐玄宗开元十五年（727），孟浩然进京城长安赶考，
第二年应进士举不第。开元二十二年（734），孟浩然再次往长安求仕，
仍然以失败告终，遂返回家乡。这首诗即作于第二次求仕失败的时候。
全诗主要描写了年轻时的隐居之志和中年求仕的失败历程。诗人含蓄地
道出了怀才不遇的不平之气，对中年所选择的道路略有懊悔。不过，诗
人最终在归隐田园的平静生活中消解了仕途的惆怅，于是决心就此隐居。

【注 释】

① 《高士传》：古代称志行高洁的人为高士。晋皇甫谧有《高士传》，记载自上古以来的名节之士。

② 陶征君：陶渊明。

③ 恓恓：惶惶不安的样子。

④ 十上：十次上书。《战国策·秦策》记载："（苏秦）说秦王书十上而说不行。黑貂之裘弊，黄金百斤尽，资用乏绝，去秦而归。"此处指求仕失败。

⑤ 颍阳：颍水之北，传说古代高士巢父、许由隐居于此。

涧南即事贻皎上人

唐·孟浩然

弊庐在郭外，素产惟田园。
左右林野旷，不闻朝市①喧。
钓竿垂北涧，樵唱入南轩。
书取幽栖事，将寻静者论。

【题 解】

涧南是指孟浩然在襄阳的产业涧南园，诗中也称为汉南园。皎上人，姓名不详。这首诗具体描绘了诗人在自己田园的生活，他每日在旷远、幽静的山间游玩，远离尘世喧嚣，过着垂钓、砍柴、高歌的悠闲生活。诗人对这样的生活非常满意，情不自禁要将它描绘下来寄给友人皎上人。全诗的语言质朴无华，对偶工整。

【注 释】

① 朝市：指名利之地。

田园作

唐·孟浩然

弊庐隔尘喧，惟先养恬素①。
卜邻②近三径③，植果盈千树。
粤余任推迁，三十犹未遇。
书剑时将晚，丘园日已暮。
晨兴自多怀，昼坐常寡悟。
冲天羡鸿鹄，争食羞鸡鹜。
望断金马门④，劳歌采樵路。
乡曲无知己，朝端乏亲故。
谁能为扬雄，一荐《甘泉赋》⑤。

【题 解】

　　这首诗写诗人在田园中的生活，悠闲，自在。但是他也感到身处偏僻之地，缺少知己，希望能有人能够举荐他。

【注 释】

　　① 恬素：恬淡朴素。
　　② 卜邻：选择邻居。

③ 三径：陶渊明《归去来兮辞》中有："三径就荒，松菊犹存。"后人常常以三径代指隐者的家园。

④ 金马门：金马门是汉代学士待诏的地方。《史记》记载："金马门者，宦者署门也，门旁有铜马，故谓之曰金马门。"这里指唐代进士省试的地方。

⑤ 汉代的扬雄作有《甘泉赋》，经乡人杨庄推荐而传至汉成帝处，扬雄因此得拜为黄门侍郎。此联表示诗人希望有人引荐。

夜归鹿门①山歌

唐·孟浩然

山寺钟鸣昼已昏，渔梁②渡头争渡喧。

人随沙路向江村，余亦乘舟归鹿门。

鹿门月照开烟树，忽到庞公栖隐处③。

岩扉④松径长寂寥，惟有幽人⑤自来去。

【题 解】

这是一首山水与田园相结合的诗。它的最大特色是以动静结合的手法描写出了山间的幽静。傍晚时分，渡口人来人往，归村之人三三两两结伴而回。就在村人归家的时候，山中古寺钟响，钟声久久回荡在山间，松径上只有诗人一人徘徊低语期间。诗人就是在这动静映衬的环境中，透露出自己虽然生活于尘世但心与古人接的高古情怀。

【注 释】

① 鹿门：山名，在今湖北襄阳城东南三十里。原名苏岭山。东汉建武

年间，襄阳侯习郁立神祠于山，刻二石鹿，夹神庙道口，俗称鹿门庙，后便以庙名山。孟浩然曾隐居在鹿门山。

② 渔梁：洲名，在襄阳岘山附近汉水水滨。

③ 庞公栖隐处：东汉的高士庞德公曾经隐居在鹿门山。

④ 岩扉：石门。

⑤ 幽人：指隐居的人。

题农父庐舍

唐·丘为

东风何时至？已绿湖上山。
湖上春已早，田家日不闲。
沟塍^①流水处，耒耜^②平芜间。
薄暮饭牛罢，归来还闭关。

【题 解】

这首诗虽题为"题农父庐舍"，内容则以农家春耕时节忙碌的生活为主。通过对农家生活的赞美，表现了诗人与世无争、向往闲适生活的心态。全诗的语言自然清新，诗句如家常语，但读来却是意趣盎然。这正是"盛唐气象"之所在。

【注 释】

① 沟塍（chéng）：田埂和田间的水沟。塍：田埂。

② 耒耜（sì）：古代一种像犁的翻土农具。木把叫"耒"，犁头叫"耜"。

淇上别业

唐·高适

依依西山下，别业桑林边。
庭鸭喜多雨，邻鸡知暮天。
野人种秋菜，古老①开原田。
且向世情远，吾今聊自然。

【题 解】

这首诗主要描写了安静的田园生活。在描写田园生活与田园景色方面，这首诗与盛唐王维、孟浩然的田园诗有非常相似的地方。但是最后的"且向世情远，吾今聊自然"则透露出了诗人并不甘心于过这种安静的田园生活，他居于此地是不得已的，与王维、孟浩然真心向往田园的心情是不一样的。这也正是高适的田园诗有别于盛唐田园诗的主要之处。

【注 释】

①古老：即故老。

田家春望

唐·高适

出门何所见，春色满平芜。
可叹无知己，高阳一酒徒①。

【题 解】

　　这首诗首先描写了田园间美好的春日景色，然而面对着满眼春色，诗人顿生孤寂之感，感叹人生无知己。在这种孤寂感的笼罩之下，即使是春色也满含萧瑟之感。这是高适在仕途失意、人生受挫时所作的田园诗，"高阳一酒徒"表现了诗人怀才不遇的愤激，不同于他豪迈、昂扬的边塞诗风。

【注 释】

　　① 高阳一酒徒：此句以西汉郦食其自况。郦食其为陈留高阳人。刘邦为沛公，引兵过陈留，郦食其求见。使者通报后，出谢曰："沛公敬谢先生，方以天下为事，未暇见儒人也。"郦食其瞋目案剑叱使者曰："走！复入言沛公，吾高阳酒徒也，非儒人也。"

【名 句】

　　可叹无知己，高阳一酒徒。

寄宿田家

唐·高适

　　田家老翁住东陂，说道平生隐在兹。
　　鬓白未曾记日月，山青每到识春时。
　　门前种柳深成巷，野谷流泉添入池。
　　牛壮日耕十亩地，人闲常扫一茅茨^①。

客来满酌清尊酒，感兴平吟才子诗。
岩际窟中藏黰鼠，潭边竹里隐鸬鹚。
村墟日落行人少，醉后无心怯路歧。
今夜只应还寄宿，明朝拂曙与君辞。

【题 解】

诗歌描写了田家淳朴、自然的生活。田家老翁不记日月，生活自由自在，田园风光秀美迷人，邻里之间和睦相处。在高适的笔下，此处的田家就是陶渊明的世外桃源。这些场景让诗人对田园生活产生了强烈的向往。然而诗人却不能留恋于此，天亮之后他还是要与田家人告别，重新踏上仕途。由此可见诗人既有对田园生活的向往，但终究还是选择了仕途。全诗有许多偶句，但对仗自然，整体呈现出流畅的风格。

【注 释】

①茅茨：茅草做的屋顶，指简陋的房屋。

归嵩山作

唐·王维

清川带①长薄，车马去闲闲②。
流水如有意，暮禽相与还。
荒城临古渡，落日满秋山。
迢递③嵩高下，归来且闭关。

【题 解】

这首诗作于开元二十二年（734），这时诗人隐居在嵩山。全诗主要描写诗人在回嵩山的路上所见到的景物以及归来时的心情。沿途所见的景物逐渐变化，诗人的心情也随之发生微妙的变化。诗人刚刚出发时，见到的是车马的缓缓前行，这时诗人的心情是安闲的，因为他已经下定了隐居的决心。而随着车子的前行，所见到的景物越来越荒凉，凄苦之情也油然而生。最后终于到达了嵩山，见到如此高远的山，诗人下定决心要闭门谢客，准备过与世隔绝的生活，诗人的心情又归于平静。全诗句句写景，但又句句表情，是寓情于景的上乘之作。全诗的语言平淡自然，不求工而自工。

【注 释】

① 带：围绕。
② 闲闲：来往自得的样子。
③ 迢递：高高的样子。

终南别业

唐·王维

中岁^①颇好道，晚家南山陲。
兴来每独往，胜事空^②自知。
行到水穷处，坐看云起时。
偶然值^③林叟，谈笑无还期。

【题解】

　　王维开元二十九年（741）曾隐居在终南山，这首诗就作于隐居期间。全诗主要描写了诗人在隐居期间自得其乐的生活。诗人信步而行，任意欣赏山间的美景，连归家也是率性而为，整个生活中处处充满了闲情逸致，可见诗人此时的心情是何等的舒畅。"行到水穷处，坐看云起时"这一名句为后世无数人所欣赏。全诗写景自然，但句句诗意盎然。正如纪晓岚所说："此诗之妙，由绚烂之极，归于平淡。"

【注释】

　　① 中岁：中年。
　　② 空：只。
　　③ 值：遇见。

【名句】

　　行到水穷处，坐看云起时。

辋川闲居赠裴秀才迪

唐·王维

　　寒山转苍翠，秋水日潺湲①。
　　倚杖柴门外，临风听暮蝉。
　　渡头余落日，墟里上孤烟。
　　复值接舆②醉，狂歌五柳③前。

【题 解】

　　裴迪是王维的好友，王维居住辋川时常相往来。辋川，水名，在今陕西蓝田县的终南山下，王维晚年曾隐居于此。隐居辋川期间，王维写下了大量山水田园诗，这首诗通过描写辋川秋天傍晚的幽美风光，表现了诗人隐居的愉悦心情和对友人的深情厚谊。王维的山水田园诗被苏轼评为"诗中有画"，如果说他的大多数山水田园诗是山水画的话，那么这幅画中不仅有景，还有人，即诗人自己和好友裴迪，这是两个性格各异的隐士。全诗在格律上有其特殊之处。律诗的首联在对仗上并没有严格要求，可对可不对，而中间两联一般要求对仗。王维的这首诗一、二句对得非常工整，三、四句则没有对仗。可见为了诗意，王维对格律规则有所突破。

【注 释】

　　① 潺湲：水流的声音。
　　② 接舆：春秋时期楚国的隐士。此处指裴迪。
　　③ 五柳：晋陶渊明自号五柳先生，这里是诗人自喻。

【名 句】

倚杖柴门外，临风听暮蝉。

赠裴十迪

唐·王维

风景日夕①佳，与君赋新诗。

澹然^②望远空，如意^③方支颐^④。

春风动百草，兰蕙生我篱。

暖暖日暖闺，田家来致词。

欣欣春还皋，澹澹^⑤水生陂。

桃李虽未开，荑萼满其枝。

请君理还策，敢告将农时。

【题 解】

　　山水之美与隐居之乐是王维隐居辋川时期所写诗的两大主题，这首诗也是如此。在这首诗中，诗人的隐居之乐一是在于有好景可观，二是在于有好友裴迪的相知相伴。田家的致辞，又让全诗充满了生活的气息。此外，诗的语言平淡自然而具有古意。

【注 释】

①日夕：接近黄昏的时候。陶渊明有诗句："山气日夕佳，飞鸟相与还。"

②澹然：安静的样子。

③如意：一种搔背痒的工具，又叫搔杖。

④颐：面颊。

⑤澹澹：水波动荡的样子。

辋川闲居

唐·王维

一从归白社^①，不复到青门^②。

时倚檐前树，远看原上村。
青菰③临水拔，白鸟向山翻。
寂寞于陵子，桔槔方灌园④。

【题 解】

　　这首诗主要表达了诗人对隐逸生活的向往和对官场生活的厌恶。王维的很多山水田园诗都是通过景物的描写来展现隐逸生活的乐趣，而这首则在景物描写之外加入官场生活的对比。其中"时倚檐前树，远看原上村"的景物描写向来为人所称赞，其原因在于这一联的景物描写是景中有景，写出了隐居期间特有的闲适之趣。

【注 释】

　　① 白社：洛阳的里名。《晋书·董京》记载有董京居住于白社之事。后来诗文中多用来代指隐居者的居住地。这里即指王维的辋川别业。
　　② 青门：长安城的城门之一。这里代指朝廷。
　　③ 青菰：茭白。
　　④ 寂寞于陵子，桔槔方灌园：于陵子：指陈仲子，是齐国的高士。皇甫谧的《高士传》记载了陈仲子不愿为官而带领家室为人灌园的故事。

积雨辋川庄作

唐·王维

积雨①空林烟火迟，蒸藜炊黍饷东菑②。
漠漠水田飞白鹭，阴阴③夏木啭黄鹂。

山中习静观朝槿④，松下清斋折露葵⑤。

野老与人争席罢，海鸥何事更相疑⑥。

【题 解】

  辋川庄是王维的隐居处，在今陕西蓝田县的终南山中。王维好佛，即他所说的"中岁颇好道"，这首诗主要描写了诗人清幽安静的习禅生活以及清新自然的田园生活。农家无忧无虑的生活与自由飞翔的白鹭、黄鹂都是诗人赞美的对象，诗人将自己的情感寄托在这些人、物、景中，创造了物我交融、情景合一的境界。这首诗是王维田园诗歌的代表作，它形象鲜明、意境悠远、景物自然清新，曾被誉为唐诗七律的压卷之作。

【注 释】

  ① 积雨：久雨。

  ② 饷东菑：往田里送饭。菑（zī）：开垦了一年的土地，这里泛指田地。

  ③ 阴阴：幽暗的样子。

  ④ 朝槿：木槿，一种落叶灌木，早晨开花，中午即谢，因而名叫朝槿。

  ⑤ 葵：草本植物，叶子可以食用。

  ⑥ 野老与人争席罢，海鸥何事更相疑：这两句用了两个典故。"争席"典出《庄子·杂篇·寓言》："其往也，舍者迎将，其家公执席，妻执巾栉，舍者避席，炀者避灶。其反也，舍者与之争席矣。""海鸥"典出《列子·皇帝篇》："海上之人，有好沤鸟者，每旦之海上，从沤鸟游，沤鸟之至者，百住而不止。其父曰：'吾闻沤鸟皆从汝游，汝取来吾玩之。'明日之海上，沤鸟舞而不下也。"这两个典故的运用，表现诗人淡泊宁静的心境。

春中田园作

唐·王维

屋上春鸠鸣，村边杏花白。
持斧伐远扬①，荷锄觇②泉脉。
归燕识故巢，旧人看新历。
临觞忽不御③，惆怅远行客。

【题 解】

这首诗描写了春天的美好景色。王维的写景非常有特色，他选择的对象都是非常平淡的，春鸠、白杏花、树枝、燕子，笔墨始终没有涉及桃红柳绿等表现万紫千红的春天物象。诗人凭着敏锐的感受，以最不显眼的物象表现了春天的到来。诗人自己可以欣赏这美丽的春景，但是想到那些出门在外的人却没有这份福气，诗人感到惆怅，为他们感到惋惜。这首诗对偶工整，自然而不板滞，显示了王维驾驭语言的能力。

【注 释】

①此句典出《诗经·豳风·七月》："蚕月条桑，取彼斧斯，以伐远扬。"
   远扬：指长得太长而扬起的枝条。
②觇（chān）：查看。
③御：进，用。

春园即事

唐·王维

宿雨①乘轻屐，春寒着弊袍。
开畦分白水，间柳发红桃。
草际成棋局，林端举桔槔。
还持鹿皮几，日暮隐蓬蒿。

【题 解】

这首诗作于诗人居住辋川期间。此诗描写了诗人春日在园间亲自劳动的快乐。与陶渊明躬耕的辛苦不一样，王维的劳动是愉快的。因为他的劳动是不需要考虑收成的，完全是一种审美的劳动，他可以在劳动的时候随意停下来做兴来之事。全诗通过这种率性而为的劳作，表现出诗人隐居时闲适自得的生活。

【注 释】

① 宿雨：昨夜的雨。

【名 句】

开畦分白水，间柳发红桃。

山居即事

唐·王维

寂寞掩柴扉，苍茫对落晖。
鹤巢松树偏，人访荜门①稀。
嫩竹含新粉，红莲落故衣。
渡头灯火起，处处采菱归。

【题 解】

这首诗描写了山间傍晚的景色。全诗八句，句句写景，但是又句句含情。这首诗的语言与王维其他诗的语言风格略有不同，它的语言清丽，带有齐梁风格。但是，这种风格又没有破坏诗的整体美，正如王夫之所说"居然风雅典则"。

【注 释】

①荜（bì）门：用荆条或者竹子编成的简陋的门，代指简陋的住处。

【名 句】

寂寞掩柴扉，苍茫对落晖。

山居秋暝

唐·王维

空山新雨后，天气晚来秋。
明月松间照，清泉石上流。
竹喧归浣女，莲动下渔舟。
随意春芳歇，王孙自可留①。

【题 解】

　　此诗作于诗人居住辋川时期，暝，是天黑的意思。诗的题目点明了写作的主旨：秋日天黑时的景色。此诗写景自然，似乎是率意而为，但句句充满诗情画意。如为后人称赞的"竹喧归浣女，莲动下渔舟"两句就充满了牧歌情调。在处处充满诗情画意的山间，诗人道出了"随意春芳歇，王孙自可留"的隐居之志，是山间的美景吸引了诗人，让他产生了隐逸的念头。从这首诗中可见王维的隐逸似乎并不全是因为对官场的不满，也是由于诗人有一个热爱自然的真挚之心。

【注 释】

　　① 此二句典出《楚辞·招隐士》："王孙游兮不归，春草生兮萋萋……王孙兮归来，山中兮不可以久留。"此处诗人是反用其意。

【名 句】

　　明月松间照，清泉石上流。

田园乐七首

唐·王维

其　一

出入千门万户①，经过北里南邻②。
蹀躞鸣珂有底，崆峒散发何人③。

其　二

再见封侯万户，立谈赐璧一双④。
讵胜耦耕南亩⑤，何如高卧东窗⑥。

其　三

采菱渡头风急，策杖林西日斜。
杏树坛边渔父⑦，桃花源里人家⑧。

其　四

萋萋春草秋绿，落落长松夏寒。
牛羊自归村巷，童稚不识衣冠。

其　五

山下孤烟远村，天边独树高原。
一瓢颜回陋巷⑨，五柳先生对门。

其　六

桃红复含宿雨，柳绿更带朝烟。

花落家童未扫，莺啼山客犹眠。

其 七

酌酒会⑩临泉水，抱琴好倚长松。
南园露葵朝折，东谷黄粱夜舂。

【题解】

《田园乐七首》是诗人居辋川时所作。这组诗主要描写了诗人居辋川期间亲近大自然的闲情雅致。这些诗描写景物形象生动，景中含情。从诗歌体裁而言，这七首诗是一组六言绝句组诗。六言诗在古代诗歌中一直不甚发达，也少有优秀之作，王维的这七首却景真情真、对仗工整、境界幽美，古代诗歌中少有能与之相匹者。

【注释】

① 千门万户：《史记·孝武本纪》记载："于是作建章宫，度为千门万户。"后世以"千门万户"指代皇宫。

② 北里南邻：左思《咏史》："南邻击钟磬，北里吹笙竽。"后世以"北里南邻"指代王公贵族的居住地。

③ 蹀躞（dié xiè）鸣珂有底，崆峒散发何人：蹀躞：马行走的样子。珂：马勒上的玉饰。崆峒：山名，传说是仙人广成子的居住地。《庄子·在宥》、葛洪《神仙传》中都有记载。

④ 此二句典出扬雄《解嘲》："或七十说而不遇，或立谈而封侯。"《史记·平原君虞卿列传》："虞卿者，游说之士也。蹑蹻担簦，说赵孝成王，一见赐黄金白镒、白璧一双，再见为赵上卿，故号为虞卿。"

⑤ 讵胜耦耕南亩：讵：岂。耦耕：《论语·微子》有："长沮、桀溺耦而耕，孔子过之，使子路问津焉。"耦耕南亩：指躬耕。

⑥ 高卧东窗：陶渊明《与子俨疏》："尝言五六月中北窗下卧，遇凉风暂至，自谓是羲皇上人。"此外，陶渊明的诗句中也有"有酒有酒，闲饮东窗。"

⑦ 此句典出《庄子·渔父》："孔子游乎缁帷之林，休坐乎杏坛之上，弟子读书，孔子弦歌，鼓琴奏曲未半，有渔父下船而来，须眉交白，披发揄袂，行原以上，距陆而止，左手据膝，右手持颐以听。"

⑧ 此句典出陶渊明《桃花源记》。

⑨ 此句典出《论语·雍也》："子曰：'贤哉，回也！一箪食，一瓢饮，在陋巷，人不堪其忧，回也不改其乐。贤哉，回也。'"

⑩ 会：适，往。

酬虞部苏员外过蓝田别业不见留之作

唐·王维

贫居依谷口，乔木带^①荒村。
石路枉回驾^②，山家谁候门。
渔舟胶^③冻浦，猎火烧寒原。
唯有白云外，疏钟闻夜猿。

【题 解】

虞部，工部的四司之一，置员外郎一人。苏员外，名字不详。蓝田别业，即辋川别业。这是一首赠诗，它的内容也与王维其他描写隐居的乐趣和优美的山水风景诗不同，主要是写了居住蓝田期间的寂寥生活，景物是萧条、凄冷的，诗人的心情也是落寞的。

【注 释】

① 带：围绕。
② 枉回驾：指苏员外屈尊来访。
③ 胶：黏着。

赠刘蓝田

唐·王维

篱中犬迎吠，出屋候柴扉。
岁晏输井税^①，山村人夜归。
晚田始家食，余布成我衣。
讵肯无公事，烦君问是非。

【题 解】

刘蓝田，姓刘的蓝田县令，名字不详。这首诗描写山间人苦于税收的现实生活，他们起早贪黑，只为完成官府的税收，自己所吃、所穿的都是最差的。由此可见，诗人有一颗关心民生疾苦的心。

【注 释】

① 井税：田税。

辋川别业

唐·王维

不到东山^①向一年，归来才及种春田。

雨中草色绿堪染，水上桃花红欲燃。

优娄比丘^②经论学，伛偻丈人^③乡里贤。

披衣倒屣^④且相见，相欢语笑衡门前。

【题解】

这首诗描写了辋川别业春天的美好景色和情意相惬的邻里关系。此诗歌写景物设色鲜亮，由此可见诗人回到辋川别业的愉悦心情。诗的前两联写景，后两联写人，人、景的结合自然巧妙。

【注释】

① 东山：代指辋川别业。

② 优娄比丘：指佛教僧人。

③ 伛偻丈人：《庄子·达生》："仲尼适楚，出于林中。见痀偻者承蜩，犹掇之也。仲尼曰：'子巧乎！有道邪？'曰：'我有道也。五六月，累丸二而不坠……吾不反不侧，不以万物易蜩之翼，何为而不得！'孔子顾弟子曰：'用志不分，乃凝于神，其痀偻丈人之谓乎！'"

④ 倒屣：倒穿着鞋子，形容见客的急切、热情。

渭川①田家

唐·王维

斜光照墟落②，穷巷③牛羊归。
野老念牧童，倚杖候荆扉。
雉雊④麦苗秀⑤，蚕眠⑥桑叶稀。
田夫荷⑦锄至，相见语依依。
即此羡闲逸，怅然吟式微⑧。

【题解】

王维的田园诗"诗中有画"，这首诗即描绘了一幅淡远的田园风景图。夕阳的余晖洒落在整个村落，牛羊陆续从野外归来；老人在村口拄着拐杖等待着放牛羊的孩子；而远处雉鸟在已经抽穗的麦田里欢叫，蚕即将作茧；劳作的农夫也在收工的路上款款交谈。诗人见到这些温馨祥和的场景，情不自禁地想到隐居。王维以平淡、自然的语言描写了充满温情的农家生活，生动传神，意境清远，表现了诗人对田家生活的向往。

【注释】

① 渭川：渭水。渭水源于甘肃鸟鼠山，经陕西，流入黄河。

② 墟落：村落。

③ 穷巷：陋巷。

④ 雊：雉鸣叫。

⑤ 秀：谷类抽穗开花。

⑥ 蚕眠：蚕蜕皮时不吃不动叫作眠。

⑦ 荷：肩负。

⑧ 式微：《诗经·邶风》中的篇名，诗中有"式微式微，胡不归"句。
此处用其思归之意，表现出诗人弃官隐居的愿望。

【名句】

即此羡闲逸，怅然吟式微。

新晴野望

唐·王维

新晴原野旷，极目无氛垢^①。
郭门临渡头，村树连溪口。
白水明田外，碧峰出山后。
农月无闲人，倾家事南亩。

【题 解】

　　这首诗描写了初夏雨过天晴的田野风光，写景层次分明，意境清丽。诗末"农月无闲人，倾家事南亩"写出了田家人的辛苦与勤劳，表现了诗人对大自然的热爱和对宁静田园生活的向往。

【注 释】

　　① 氛垢：尘埃。

【名 句】

　　农月无闲人，倾家事南亩。

田　家

唐·王维

旧谷行将尽，良苗未可希。
老年方爱粥，卒岁且无衣。
雀乳青苔井，鸡鸣白板扉。
柴车驾羸牸^①，草履牧豪豨。
夕雨红榴拆，新秋绿芋肥。
饷田^②桑下憩，旁舍草中归。
住处名愚谷，何烦问是非。

【题解】

　　这首诗主要描写了田家人的生活，细腻、真实。田家生活并不富足，吃的也是最简单的，在新旧交替的时节甚至有断粮的危机。但是经过自己的劳动，田家人又可以吃到最新鲜、最可口的蔬果。因此为了生存他们必须辛勤劳作，但是他们的劳作是不受约束的，累了可以休息。王维笔下的田家生活是辛勤、简单的，但又是自由、幸福的，这源于安于贫贱、摒弃功名的享乐之心。全诗语言不好雕琢，任其自然流出。

【注释】

　　① 牸（zì）：母牛。
　　② 饷田：送饭到田中。

钓鱼湾

唐·储光羲

垂钓绿湾春，春深杏花乱。
潭清疑水浅，荷动知鱼散。
日暮待情人①，维舟绿杨岸。

【题 解】

储光羲是唐代著名的山水田园诗人。这首诗的最大特色是描写出了春天的气氛，全诗犹如一幅别致的山水风景画：纷纷飘落的杏花，惬意的垂钓者，等待友人的诗人，是非常典型的"诗中有画"。全诗写景境界开阔，意象鲜明，写人生动传神，语言新颖、自然。

【注 释】

①情人：指友人。

田家即事 二首选一

唐·储光羲

其 一

蒲叶日已长，杏花日已滋。
老农要看此，贵不违天时。
迎晨起饭牛，双驾耕东菑。

蚯蚓土中出，田乌随我飞。
群合乱啄噪，嗷嗷如道饥。
我心多恻隐，顾此两伤悲。
拨食与田乌，日暮空筐归。
亲戚更相诮^①，我心终不移。

【题 解】

储光羲的《田园即事》有两首，这里选择其中的第一首。这首诗叙述了老农喂牛春耕的全过程，描绘劳动细节非常具体，如前面四句写老农根据植物的生长情况，判断耕田时间已到。于是早晨起来的第一件事就是喂牛，然后前往地里耕田。耕田过程中耕出了蚯蚓，头上有田乌徘徊，似乎是希望从老农处获得食物。整个耕作的过程充满了春日泥土的气息，真切自然。描写田家生活和田家风景生动传神、自然清新，语言洗去铅华，意象鲜明，风格质朴淡雅，这些是储光羲田园诗歌最重要的特征，下面所选的几首都具有这样的特征。

【注 释】

① 诮：责备。

田家杂兴 八首选三

唐·储光羲

其 一

春至鸧鹒鸣，薄言向田墅。

不能自力作，黾勉^①娶邻女。
既念生子孙，方思广田圃。
闲时相顾笑，喜悦好禾黍。
夜夜登啸台，南望洞庭渚。
百草被霜露，秋山响砧杵。
却羡故年时，中情无所取。

其　四

田家趋垄亩，当昼掩虚关。
邻里无烟火，儿童共幽闲。
桔槔悬空圃，鸡犬满桑间。
时来农事隙，采药游名山。
但言所采多，不念路险艰。
人生如蜉蝣^②，一往不可攀。
君看西王母，千载美容颜。

其　五

平生养情性，不复计忧乐。
去家行卖畚^③，留滞南阳郭。
秋至黍苗黄，无人可刈获。
稚子朝未饭，把竿逐鸟雀。
忽见梁将军，乘车出宛洛。
意气轶道路，光辉满墟落。
安知负薪者，咥咥^④笑轻薄。

【题 解】

　　储光羲的《田园杂兴》共八首，这里选择其中的三首。"其一"以诗人自己的生活经历为基础，写出了普通农家人的生活愿望，非常地贴近生活现实。"其四"真实地描绘出了乡村生活的细节，如白天农人集体到田间劳动，村子里户户房门紧闭，只有儿童无所事事地在乡间闲游，将农忙时节村庄中静谧的环境描写得淋漓尽致。"其五"采用了对比手法，首先写出了田家人质朴、穷困的生活，接着描写了梁将军乘车出游的盛大场面。两相比较，诗人肯定了前者，讽刺了后者，诗人安贫乐道的志向也就自然地表现了出来。

【注 释】

　　① 黾（mǐn）勉：勤勉，努力。
　　② 蜉蝣：寿命非常短的一种虫子。
　　③ 畚（běn）：一种农具。
　　④ 咥咥（xì）：大笑的样子。

同王十三维偶然作 十三首选三

唐·储光羲

其 一

仲夏日中时，草木看欲燋①。
田家惜工力，把锄来东皋。
顾望浮云阴，往往误伤苗。
归来悲困极，兄嫂共相诮②。

无钱可沽酒，何以解劬劳。

夜深星汉明，庭宇虚寥寥。

高柳三五株，可以独逍遥。

其 三

野老本贫贱，冒暑锄瓜田。

一畦未及终，树下高枕眠。

荷蓧者谁子，皤皤^③来息肩。

不复问乡墟，相见但依然。

腹中无一物，高话羲皇年。

落日临层隅，逍遥望晴川。

使妇提蚕筐，呼儿榜渔船。

悠悠泛绿水，去摘浦中莲。

莲花艳且美，使我不能还。

其 十

四邻竞丰屋，我独好卑室。

窈窕高台中，时闻抚新瑟。

狂飙动地起，拔木乃非一。

相顾始知悲，中心忧且慄。

蚩蚩命子弟，恨不居高秩。

日入宾从归，清晨冠盖出。

中庭有奇树，荣早衰复疾。

此道犹不知，微言安可述。

【题 解】

储光羲的《同王十三维偶然作》共有十三首，这里选其中的三首。

"其一"描写了农人辛苦的劳作情况和略显窘迫的生活境遇，不过诗人并不以此为意，而是甘于享受这种生活，表现了诗人高洁的志趣。其中描写农人因为抬头观看天上的乌云而误伤稻苗的情景，观察细致入微。"其三"描写了瓜农与荷蓧老人偶然相遇时的对话，表现了诗人在劳动中对至真境界的领悟及其对田园生活的热爱。"其十"以对比的手法，将"好卑室"的"我"与"竞丰屋"的"四邻"相对比，表现了诗人固守贫贱之志，其中也透露出诗人怀才不遇的不平之气。

【注 释】

① 燋（qiáo）：通"焦"。
② 诙（náo）：喧嚣，争辩。
③ 皤皤（pó）：头发斑白的样子。

樵父词

唐·储光羲

山北饶朽木，山南多枯枝。
枯枝作采薪，爨室私自知。
诘朝砺斧寻，视暮行歌归。
先雪隐薜荔，迎暄卧茅茨。
清涧日濯足，乔木时曝衣。
终年登险阻，不复忧安危。
荡漾与神游，莫知是与非。

渔父词

唐·储光義

泽鱼好鸣水，溪鱼好上流。
渔梁不得意，下渚潜垂钩。
乱荇时碍楫，新芦复隐舟。
静言念终始，安坐看沉浮。
素发随风扬，远心与云游。
逆浪还极浦，信潮下沧洲。
非为徇形役，所乐在行休。

牧童词

唐·储光義

不言牧田远，不道牧陂深。
所念牛驯扰，不乱牧童心。
圆笠覆我首，长蓑披我襟。
方将忧暑雨，亦以惧寒阴。
大牛隐层坂，小牛穿近林。
同类相鼓舞，触物成讴吟。
取乐须臾间，宁问声与音。

【题 解】

储光義的《樵父词》、《渔父词》、《牧童词》三首诗可以一起来读。它们都采用了民歌的形式，从日常生活取材，描写了悠闲的隐逸生活。同时，最为重要的是他以不同的劳动寄寓了诗人的各种感慨。《樵父词》对樵父终年生活在危险之中却不以为意的描写，寄寓了诗人对人生险阻的惧怕。《渔父词》描写了渔父垂钓时的种种障碍，寄寓了诗人想隐居又为外界干扰、不能决绝于世的复杂心态。从《牧童词》中牧童之间快乐的相处，可以见出诗人在隐居期间与同道之人在一起的相得之乐。这三首诗描写三种人的生活，生动逼真，而寄寓的诗人身世之感又深远自然，是比较成功的比兴体。

堂　成

唐·杜甫

背郭堂成荫白茅，缘江路熟俯青郊。
桤林碍日吟风叶，笼竹和烟滴露梢。
暂止飞乌将①数子，频来语燕定新巢。
旁人错比扬雄宅，懒惰无心作解嘲②。

【题解】

唐肃宗上元元年（760），杜甫在朋友们的帮助下卜居成都郊外的浣花溪，营建了一个草堂。这首诗就写于草堂落成之时。此诗主要描写草堂周围的景物和定居草堂时的心情。全诗景中寓情，通过对自然景物的描写，表现了诗人在历经奔波之后终于可以定居的好心情。但是，杜甫是一个积极用世之人，他此次定居成都并不是陶渊明式的归隐，而是避乱而来，草堂是他的避乱之所，所以只是"暂止飞乌将数子"，一个"暂"字表明了诗人当时的复杂心境，可见杜甫高超的驾驭语言的能力。

【注释】

① 将：带领。
② 汉代的扬雄宅又叫草玄堂，故址在成都少城的西南角，而杜甫的草堂也在成都。扬雄曾在《解嘲》中说，自己撰写《太玄》等书是为阐明圣贤之道。杜甫这两句即指此事，旨在说明草堂只是自己的居住之所而已，而非抒发愤懑之地。

为　农

唐·杜甫

锦里^①烟尘外，江村八九家。
圆荷浮小叶，细麦落轻花。
卜宅从兹老，为农去国赊。
远惭勾漏令^②，不得问丹砂。

【题解】

诗人在"安史之乱"中四处漂泊，最后终于到达了没有战火的锦城之地。诗人按捺不住心中的喜悦，写下了这首诗。没有了战火，诗人举目望去，景物处处可爱，遂生出在此卜居为农之志。诗人见惯了战争，到了没有战火的锦城，便觉得这是人间仙境。全诗的语言自然平淡，天趣自见。

【注释】

① 锦里：锦城之地。

② 勾漏令：晋代的葛洪曾为勾漏县令。

狂　夫

唐·杜甫

万里桥^①西一草堂，百花潭水即沧浪。
风含翠篠娟娟^②净，雨裛红蕖冉冉^③香。
厚禄故人书断绝，恒饥稚子色凄凉。
欲填沟壑唯疏放，自笑狂夫老更狂。

【题解】

　　此诗作于杜甫寓居成都草堂之时。狂夫是诗人自指。这首诗描绘了杜甫当时疏放、自适的生活。诗人寓居草堂时，虽然生活安定下来了，但并不富裕。但是生活上的贫困并没有让诗人悲伤，此时的他仍然自适自足，过着疏放自然的生活。诗中塑造了一个忘怀得失、豪放旷达的诗人形象。诗中前四句的景物描写自然、疏放，语言散淡真率，贴合诗人此时的心态。

【注释】

　　①万里桥:《华阳国志》记载："少城西南两江有七桥，南渡流曰万里桥，在成都县南八里，即诸葛亮送费祎处，因以为名。"

②娟娟：美好的样子。

③冉冉：慢慢的样子。

田 舍

唐·杜甫

田舍清江曲，柴门古道旁。
草深迷市井①，地僻懒衣裳。
杨柳枝枝弱，枇杷对对香。
鸬鹚西日照，晒翅满鱼梁。

【题解】

这首诗作于唐肃宗上元元年（760）的初夏，杜甫当时寓居成都乡下。全诗主要描写了初夏时节的乡村景色。前四句交代了所居之处荒僻的地理位置，后四句描写了乡村幽闭的自然之景。此诗全部写景，是一幅安静的乡村风景图。由这些景物中可见当时诗人的生活是平静的，诗人在享受着这难得的平静。

【注释】

①市井：古时候以二十五亩为一井，作为交易的市场，因而称为市井。

南 邻

唐·杜甫

锦里^①先生乌角巾^②，园收芋粟不全贫。

惯看宾客儿童喜，得食阶除鸟雀驯。

秋水才深四五尺，野航^③恰受两三人。

白沙翠竹江村暮，相送柴门月色新。

【题解】

锦里先生是一位山人，杜甫称之为"南邻"。"南邻"一词出自左思诗"南邻击钟磬"。这首《南邻》描写的是诗人访问邻居锦里先生的一次经历。由这次经历所见所感，诗人刻画了一个安贫乐道的山人形象，描绘了山人一家愉快、热情的生活，表现了诗人在经过战乱后对宁静生活的渴望。全诗的语言自然真率。

【注释】

①锦里：《华阳国志》记载："西城，故锦官城也。锦江，濯锦其中则鲜明，故命曰锦里。"

②乌角巾：《南史》记载："刘岩隐逸不仕，常着缁衣小乌巾。""乌角巾"一般指隐士所带之巾，代指隐士。

③航：小舟。

江　村

唐·杜甫

清江^①一曲抱村流，长夏江村事事幽。
自去自来梁上燕，相亲相近水中鸥。
老妻画纸为棋局，稚子敲针作钓钩。
但有故人^②供禄米，微躯此外更何求？

【题解】

这首诗作于寓居成都草堂时期。此诗描写了乡村中的生活小事，表现了诗人与世无求的平和心态。杜甫多年奔波劳累，终于在此寻得一处安静的住所，遂对此时的生活颇感满足。诗中描写的燕子、水鸥形象明朗、自然。老妻画纸、稚子敲针的生活场景的描写亲切、深情。这首诗写得潇洒流丽，不同于其他律诗的老健风格。

【注释】

①清江：浣花溪。
②故人：帮助自己在成都生活的人，如裴冕。

【名句】

老妻画纸为棋局，稚子敲针作钓钩。

野　老

唐·杜甫

野老篱边江岸回，柴门不正逐江开。
渔人网集澄潭下，贾客船随返照来。
长路关心悲剑阁^①，片云何意傍琴台^②？
王师未报收东郡，城阙秋生画角哀。

【题解】

　　野老是杜甫的自称，此诗作于诗人寓居成都草堂时。诗的前四句描写诗人的居住环境，诗人的房屋依江而建，房门不拘一格，竟然是不正的。而从草堂远眺，可以看到渔人与估客劳作、交易的场景，一片热闹非凡的景象。然而，就在诗人享受着这宁静的乡居生活时，他又想起了国运的艰难，人民的疾苦，心情转而变得沉痛。这首诗将忘情山水与对国事的担忧融为一体。只有读到诗的结尾才会发现，前面的忘情山水正是他内心哀愁的掩饰，是一种强作闲适的表现。

【注释】

　　① 剑阁：《水经注》记载："小剑去大剑三十里，连山绝险，飞阁涌冲，故谓之剑阁。"
　　② 琴台：在成都，相传为司马相如和卓文君当垆卖酒的地方。这里代指成都。

客 至

唐·杜甫

舍南舍北皆春水，但见群鸥日日来。
花径不曾缘客扫，蓬门①今始为君开。
盘飧②市远无兼味，樽酒家贫只旧醅。
肯与邻翁相对饮，隔篱呼取尽余杯。

【题解】

　　这首诗描写了诗人好友的一次来访。诗人细致地描写了主人家环境的清幽，传神地刻画了主人的语言神态，处处充满生活气息，饱含人情味，表现了主人与客人间深厚而真挚的友谊。最后临时邀请邻居饮酒又表现了主人与邻居和睦的邻里关系。真挚的友谊与和睦的邻里关系，是诗人舒适田园生活不可多得的部分。

【注释】

　　①蓬门：简陋的门。
　　②飧：熟食。

【名句】

　　花径不曾缘客扫，蓬门今始为君开。

春夜喜雨

唐·杜甫

好雨知时节，当春乃发生^①。
随风潜入夜，润物细无声。
野径云俱黑，江船火独明。
晓看红湿处，花重锦官城。

【题 解】

这首诗作于上元二年（761），此时诗人安家在草堂，过上了一段少有的平静生活。此诗描写诗人见春夜下雨的喜悦心情。全诗处处紧扣一个"喜"字，描写了春雨的特点和它所创造的美好景色。全诗的语言平实自然，但又精炼而饱含诗情。诗中描写雨的神韵之句"随风潜入夜，润物细无声"多少年来让人吟诵不已。

【注 释】

① 当春乃发生：《庄子》中有："春气发而百草生"。

【名 句】

随风潜入夜，润物细无声。

水槛遣心二首

唐·杜甫

其 一

去郭轩楹敞①，无村眺望赊②。
澄江平少岸，幽树晚多花。
细雨鱼儿出，微风燕子斜。
城中十万户，此地两三家。

其 二

蜀天常夜雨，江槛已朝晴。
叶润林塘密，衣干枕席清。
不堪祇老病，何得尚浮名。
浅把涓涓③酒，深凭送此生。

【题 解】

　　水槛，指草堂水亭之槛，诗题意为凭槛眺望以遣心。第一首描写雨后傍晚的景色，全诗八句全部写景，而情在景中，描绘了山村的清旷之景，表现了诗人悠然自得的心境。第二首写早晨雨后初晴的景色，重在写情，诗人体会精微，将初晴之景描绘得细致入微，而这一切又都源于诗人有一颗旷达、自适的心。全诗语言精美，恰到好处，格调疏散而旷达。

【注 释】

　　①去郭：远离城郭。轩楹：指草堂的建筑物。轩：长廊。楹（yíng）：柱子。敞：开朗。

② 赊：远。

③ 涓涓：原指细水慢慢流动的样子。此处形容酒。

【名句】

细雨鱼儿出，微风燕子斜。

宾至（一作有客）

唐·杜甫

幽栖地僻经过少，老病人扶再拜难。

岂有文章惊海内，漫劳①车马驻江干②。

竟日淹留佳客坐，百年粗粝腐儒餐。

不嫌野外无供给，乘兴还来看药栏。

【题解】

这首诗作于杜甫定居成都草堂时期。诗中描写了客人的一次来访。此客人是慕名而来，诗人遂殷勤留客。与其他描写乡居生活的田园诗歌不一样，这首诗直接叙述诗人与客人的交情，而没有写及乡村之景。这种写法也是七律中少有的写法，但杜甫却写得得心应手。诗的语言朴实，将客至、待客、留客等情事一一道来。

【注释】

① 漫劳：徒劳。

②干：水涯。

遭田父泥饮美严中丞

唐·杜甫

步屧①随春风，村村自花柳。
田翁逼社日，邀我尝春酒。
酒酣夸新尹②，畜眼③未见有！
回头指大男，渠是弓弩手。
名在飞骑籍，长番岁时久。
前日放营农④，辛苦救衰朽。
差科死则已，誓不举家走！
今年大作社，拾遗⑤能往否？
叫妇开大瓶，盆中为吾取。
感此气扬扬，须知风化首。
语多虽杂乱，说尹终在口。
朝来偶然出，自卯将及酉。
久客惜人情，如何拒邻叟？
高声索果栗，欲起时被肘。
指挥过无礼，未觉村野丑。
月出遮我留，仍嗔问升斗。

【题解】

遭，是不期而遇之意。泥饮，即强行劝酒。这是一首五言古体诗，记叙了诗人与田父的一次饮酒经历，表现了诗人与田父之间真挚深切的情谊。诗

人以朴实的语言刻画了田父真率的性格。田父热情好客，在酒喝多之后虽有不合礼仪的言语，但诗人也不以为意，表现了诗人对待劳动人民的真情。

【注释】

① 屩：草鞋。
② 新尹：指严中丞。
③ 畜眼："畜"同"蓄"，畜眼如同说老眼。
④ 放营农：将服役之人放归，使其从事农业生产。
⑤ 拾遗：指诗人杜甫，他曾为官拾遗。

屏迹三首

唐·杜甫

其 一

用拙存吾道，幽居近物情。
桑麻深雨露，燕雀半生成。
村鼓时时急，渔舟个个轻。
杖藜从白首，心迹喜双清。

其 二

晚起家何事，无营地转幽。
竹光团野色，舍影漾江流。
失学从儿懒，长贫任妇愁。
百年浑得醉，一月不梳头。

其　三

衰颜甘屏迹，幽事供高卧。
鸟下竹根行，龟开萍叶过。
年荒酒价乏，日并园蔬课。
犹酌甘泉歌，歌长击樽破。

【题解】

屏迹即退隐、归隐之意。鲍照诗中有"屏迹勤躬稼"。此诗作于宝应元年（762）。第一首写退隐之地的景物，如鸟下竹根、龟开浮萍，这些都是诗人偶然所见，可见诗人此时的悠闲之态。诗人贫困买不起酒，就以甘泉代酒，可见诗人心情之愉快。第二首紧接第一首，表明诗人的隐居之志。诗人幽居草堂，身闲心静，故能悟道。第三首紧接第二首，表明诗人对幽居生活的满意。三首诗共同表现了幽居自适的主题。如此坚决的隐居之志，在杜甫的诗歌中实属罕见。

春陵行

唐·元结

癸卯岁，漫叟授道州刺史。道州旧四万余户，经贼已来，不满四千，大半不胜赋税。到官未五十日，承诸使征求符牒二百余封，皆曰："失其限者，罪至贬削。"于戏！若悉应其命，则州县破乱，刺史欲焉逃罪？若不应命，又即获罪戾，必不免也。吾将守官，静以安人，待罪而已。此州是春陵故地，故作《春陵行》以达下情。

军国多所需，切责①在有司②。

有司临郡县，刑法竞欲施。
供给岂不忧？征敛又可悲。
州小经乱亡，遗人实困疲。
大乡无十家，大族命单羸。
朝餐是草根，暮食仍木皮。
出言气欲绝，意速行步迟。
追呼尚不忍，况乃鞭扑之！
邮亭③传急符，来往迹相追。
更无宽大恩，但有迫促期。
欲令鬻④儿女，言发恐乱随。
悉使索其家，而又无生资。
听彼道路言，怨伤谁复知！
去冬山贼来，杀夺几无遗。
所愿见王官⑤，抚养以惠慈。
奈何重驱逐，不使存活为！
安人天子命，符节我所持。
州县忽乱亡，得罪复是谁？
逋缓⑥违诏令，蒙责固其宜。
前贤重守分⑦，恶以祸福移。
亦云贵守官，不爱能适时⑧。
顾惟孱弱者，正直当不亏。
何人采国风，吾欲献此辞。

【题 解】

代宗广德元年（763），元结退隐樊上，广德二年（764）十二月诗人任道州刺史。这首诗即作于诗人到官不久的时候。全诗描写了战乱后农村民生凋敝的险恶情形，表现了诗人对农民的深切同情。这是一首新乐府诗，是典型的"为时"、"为事"而作的诗，在中唐的新乐府运动中占有重要地位，在当时就受到了大诗人杜甫的称赞。

【注 释】

① 切责：督促。
② 有司：官吏。
③ 邮亭：驿站。
④ 鬻（yù）：卖。
⑤ 王官：朝廷的官员。
⑥ 逋缓：拖欠，推后。
⑦ 守分：守住自己的名分。
⑧ 适时：迁就时俗。

贫妇词

唐·元结

谁知苦贫夫，家有愁怨妻。
请君听其词，能不为酸凄！
所怜抱中儿，不如山下麑①。
空念庭前地，化为人吏蹊。
出门望山泽，回头心复迷。
何时见府主，长跪向之啼。

【题解】

　　元结作《系乐府十二首》，内容均为讽喻社会现实。这首《贫妇词》和下首《农臣怨》都是其中的作品。《贫妇词》以农妇的口吻道出了农村贫苦妇女内心的痛苦，她们怀抱自己的儿女，觉得还不如山间的小鹿；庭前的田地由于官吏的不断造访被踩成了小路。《农臣怨》写灾害之年贫苦农民的苦难生活。这两首诗都表现了诗人对人民苦难的深切同情。元结的田园诗主要是表现农民生活的苦难，这正是中唐田园诗的主旋律。

【注释】

　　① 麑：小鹿。

农臣怨

唐·元结

　　农臣何所怨，乃欲干①人主。
　　不识天地心，徒然怨风雨。
　　将论草木患，欲说昆虫苦。
　　巡回宫阙②傍，其意无由吐。
　　一朝哭都市，泪尽归田亩。
　　谣颂③若采之，此言当可取。

【注释】

　　① 干：求。

② 宫阙：泛指帝王所居的京城。
③ 谣颂：代指古代掌管音乐的机关。

偶然作

唐·刘长卿

野寺长依止^①，田家或往还。
老农开古地，夕鸟入寒山。
书剑身同废，烟霞吏共闲。
岂能将白发，扶杖出人间。

【题 解】

　　这首诗作于诗人贬谪睦州之时。贬谪睦州是刘长卿仕途上的第二次重大打击。他曾积极献身王事，获得了"有吏干"的称誉。但是却遭到了他人的诬陷而惨遭贬谪。此时的刘长卿对官场的险恶有了深刻的认识，几经沉浮后他也有了归隐田园的念头。这首诗主要描写了他谪居睦州时的生活，他常常留恋于山寺间，欣赏山间的美景，表现了诗人在经历政治打击后对田园生活的向往。但是，诗人并没有完全忘却仕途，他也没有如陶渊明那样与山间老农为友。这就决定了诗人不能真正地归隐田园。

【注 释】

　　① 依止：依恋与止息。

田　家

唐·顾况

带水摘禾穗，夜捣^①具晨炊。
县帖^②取社长^③，嗔怪见官迟。

【题 解】

　　这首诗描写了田家人的辛苦生活，表现了诗人对田家人同情的仁爱情怀。他们早早地起来到田间劳作，头一天晚上就要准备好次日要吃的粮食。然而这样的勤劳换来的却是官府的指责。全诗语言简洁质朴，自然地展现了农家人的生活。最后两句对官府的讽刺含而不露。

【注 释】

　　①捣：舂米。
　　②帖：官府文书。
　　③社长：乡里的官员。古代以二十五家为社。

过山农家

唐·顾况

板桥人渡泉声，茅檐日午鸡鸣。
莫嗔焙茶烟暗，却喜晒谷天晴。

【题解】

　　这首诗生动地描写了诗人走访山农家的一次经历，从路上所见景物到山农家所见场景及山农的语言，诗人一一道来。这一切平常事物在诗人看来都是美妙的。这是一首六言绝句，这一体裁在古代诗歌中并不多见，顾况这首是其中的优秀之作。全诗的语言自然流畅，风格明快清丽，在顾况诗歌中甚为难得。

囝

唐·顾况

囝，哀闽也。

　　囝生闽方，闽吏得之，乃绝其阳。

　　为臧为获[①]，致金满屋。

　　为髡为钳[②]，视如草木。

　　天道无知，我罹其毒。

　　神道无知，彼受其福。

　　郎罢别囝，吾悔生汝！

　　及汝既生，人劝不举[③]。

　　不从人言，果获是苦。

　　囝别郎罢，心摧血下。

　　隔地绝天，及至黄泉，不得在郎罢前！

【题解】

　　《囝》是顾况《上古之什补亡训传十三章》的第十一章。《上古之

什补亡训传十三章》是顾况讽喻社会现实的组诗。《囝》主要描写了唐代福建一带被卖作奴隶的人的痛苦，感情极为沉痛悲切，表现了诗人关心民生疾苦的儒家情怀。全诗的语言质朴简洁，接近口语，与其他各章古奥的语言不同，向来为人所称道。

【注 释】

① 臧、获：奴婢。
② 髡（kūn）、钳：古时候的两种刑法。去发为髡，以铁圈束颈为钳。
③ 举：养育。

渔父词

唐·张志和

西塞山前白鹭飞，桃花流水鳜鱼肥。
青箬笠，绿蓑衣，斜风细雨不须归。

【题 解】

张志和的《渔父词》是流传千古的一首词。作品描写了江南之地的美丽春景，塑造了一位雨中垂钓的老渔翁形象，寄予了词人对大好河山的热爱和寄情隐居生活的乐趣。词人所选景物色彩鲜明，动感十足，如青山、桃花、青箬笠、绿蓑衣，白鹭飞、水流、鱼跃，这样的组合充满神韵。而如此有声有色的画面，张志和仅仅用了极其简洁的语言和白描的手法，足见词人运用语言的能力和不同凡响的审美能力。

【名句】

青箬笠，绿蓑衣，斜风细雨不须归。

南　野

唐·戴叔伦

治田长山下，引流坦溪曲。
东山有遗茔，南野起新筑。
家世素业儒，子孙鄙食禄。
披云朝出耕，带月夜归读。
身勚①竟亡疲，团团欣在目。
野芳绿可采，泉美清可掬。
茂树延晚凉，旱田候秋熟。
茶烹松火红，酒吸荷杯绿。
解佩临清池，抚琴看修竹。
此怀谁与同，此乐君所独。

【题解】

　　这首诗描写了南野的优美风景和诗人闲居时劳作、读书的快乐生活，表现了诗人对隐居生活的满足。诗人白天参加劳动，全身心地投入到农业生产中，夜晚读书，农忙之暇欣赏山间美景。生活好不自在！全诗的语言朴实平易，写景自然喜人，将诗人的愉悦之情寄于美丽的景物描写中。

【注 释】

① 勩（yì）：劳，劳苦，劳累。

郊园即事寄萧侍郎

唐·戴叔伦

衰鬓辞馀秩，秋风入故园。
结茅成暖室，汲井及清源。
邻里桑麻接，儿童笑语喧。
终朝非役役^①，聊寄远人^②言。

【题 解】

　　这首诗作于诗人晚年，描绘了诗人闲适的田园生活，充满了天伦之乐和从官场解脱的喜悦心情，情调与陶渊明弃官归田后所作的诗非常相似。全诗的笔调轻松愉快，语言圆转自然，情见于词，是一首返璞归真的优秀之作。

【注 释】

① 役役："役"有"驱使"之意，"役役"形容被驱使的样子。
② 远人：指题目中的萧侍郎。

喜 雨

唐·戴叔伦

闲居倦时燠，开轩俯平林。
雷声殷遥空，云气布层阴。
川上风雨来，洒然涤烦襟。
田家共欢笑，沟浍^①亦已深。
团团聚邻曲，斗酒相与斟。
樵歌野田中，渔钓沧江浔。
苍天暨有念，悠悠终我心。

【题解】

这首诗描绘了下雨之后诗人与当地农民的喜悦心情。这场雨是一场及时雨，让农民可以按时劳作，暗示了往后的好收成。诗人之"喜"是为农民而喜，表现了诗人关心农事、关心民生疾苦。

【注释】

①浍（kuài）：田间水渠。

【名句】

苍天暨有念，悠悠终我心。

女耕田行

唐·戴叔伦

乳燕入巢笋成竹，谁家二女种新谷。

无人无牛不及犁，持刀斫地翻作泥。

自言家贫母年老，长兄从军未娶嫂。

去年灾疫牛囤空，截绢买刀都市中。

头巾掩面畏人识，以刀代牛谁与同？

姊妹相携心正苦，不见路人唯见土。

疏通畦垄防乱苗，整顿沟塍待时雨。

日正南冈下饷归，可怜朝雉扰惊飞。

东邻西舍花发尽，共惜余芳泪满衣。

【题 解】

这首歌行体诗记叙了农家女辛苦耕田之事，揭示了当时农村人丁缺乏、农村经济凋敝的惨景，表现了诗人对农民的关心与同情。在古代，不到迫不得已之时，女子是不会下地耕田的。诗中的姊妹因为兄弟都入伍了，她们为了生存，不得不承担了耕田的任务。耕田之活本就非常辛苦，而她们还要承受世俗的目光，可以说是身心俱疲。诗人就是通过记叙这样一件社会怪事，表现出农村生活的艰辛。全诗叙事脉络分明，语言质朴，是一篇反映农村现实的佳作。

观田家

唐·韦应物

微雨众卉新，一雷惊蛰^①始。

田家几日闲，耕种从此起。

丁壮俱在野，场圃亦就理。

归来景^②常晏^③，饮犊西涧水。

饥劬^④不自苦，膏泽^⑤且为喜。

仓禀无宿储^⑥，徭役犹未已。

方^⑦惭不耕者，禄食出闾里。

【题 解】

这首诗作于大历末、建中初诗人闲居沣上时。诗歌主要描写农民一年到头辛勤劳作，而辛勤劳动的结果却多被繁重的徭役所夺，最后过的依然是衣食不保的生活。诗人赞美了田家人勤于劳作的精神，揭露了朝廷、官员对农民剥削的丑恶面目。诗歌的语言平淡自然，但是真实地刻画出了田家人的辛苦生活，很有表现力。

【注 释】

①惊蛰：农历二十四节气之一。

②景：同"影"，指日光。

③晏：晚。

④饥劬（qú）：饥饿劳苦。

⑤膏泽：雨水。

⑥宿储：上一年存下来的粮食。

⑦方：应当。

秋郊作

唐·韦应物

清露澄境远，旭日照临初。
一望秋山净，萧条形迹疏。
登原欣时稼，采菊行故墟。
方愿沮溺耦，淡泊守田庐。

【题 解】

这首诗作于大历末诗人任京兆府功曹时。此诗主要描写了诗人所见秋日郊区的景物。诗人看见农作物丰收、菊黄可采，萌生了躬耕田园的心愿。诗歌语言省净朴实。

晚出沣上赠崔都水①

唐·韦应物

临流一舒啸②，望山意转延。
隔林分落景，馀霞明远川。
首起趣东作，已看耘夏田。
一从民里居，岁月再徂迁。
昧质得全性③，世名良自牵。
行欣携手归，聊复饮酒眠。

【题解】

这首诗是建中元年（780）诗人闲居沣上善福精舍时所作。此时的韦应物或因病去官或被讼去官，已经有过多次辞官闲居的经历，也见惯了官场的黑暗。这次闲居沣上是受京兆尹黎幹之案影响，由鄠县令改为溧阳令，韦应物称病辞官，居住在沣上的善福精舍。这首诗主要描写了诗人闲居沣上时傍晚所见到的山林景色和诗人生活于此间的自得心情。诗人以简朴自然的语言创造了一种清新淡雅的高古境界。

【注释】

① 崔都水：都水即都水监，官职名。崔都水，即崔倬。
② 舒啸：放声长啸。陶渊明《归去来兮辞》中有："登东皋以舒啸，临清流而赋诗。"
③ 全性：保全自然之性。

授衣^① 还田里

唐·韦应物

公门悬甲令^②，浣濯^③遂其私。
晨起怀怆恨，野田寒露时。
气收天地广，风凄草木衰。
山明始重叠，川浅更逶迤。
烟火生闾里，禾黍积东菑^④。
终然可乐业，时节一来斯。

【题解】

　　这首诗作于建中二年（781）九月，此时韦应物为比部员外郎。田里，即指之前称病闲居时的沣上。此诗描写了田里秋日略显萧瑟的景色。然而也正是这萧瑟的秋气带来了丰收的气息，诗人对此颇感欣慰。"烟火生闾里，禾黍积东菑"两句高古自然，颇有陶渊明田园诗的气韵。

【注释】

　　① 授衣：唐代官员的一种假期。《唐会要》记载："其年正月，内外官五月给田假，九月给授衣假，分为两番，各十五日。"
　　② 甲令：朝廷颁布的法令。
　　③ 浣濯：洗涤。
　　④ 东菑：东边的田地。

休沐 ① 东还贵胄里 ② 示端

唐·韦应物

宦游三十载，田野久已疏。
休沐遂兹日，一来还故墟。
山明宿雨霁，风暖百卉舒。
泓泓 ③ 野泉洁，熠熠 ④ 林光初。
竹木稍摧翳，园场亦荒芜。
俯惊鬓已衰，周览昔所娱。
存没恻私怀，迁变伤里闾。

欲言少留心，中复畏简书⑤。
世道良自退，荣名亦空虚。
与子终携手，岁晏当来居。

【题　解】

这首诗作于大历十四年（779）左右。诗人休假回家见家乡风景优美，而自家的田园却荒芜已久，遂萌生归隐田园之心。整首诗充满了浓重的感伤情调，表现了诗人对宦海生活的厌倦和对田园生活的向往。"世道良自退，荣名亦空虚"是诗人对名利的总结，是大彻大悟之语。

【注　释】

①休沐：休假。
②贵胄里：坊里名，具体所在难以确知。
③泓泓：水清澈的样子。
④熠熠（yì）：鲜亮的样子。
⑤简书：官府的文书。

郊居言志

唐·韦应物

负暄①衡门②下，望云归远山。
但要樽中物，余事岂相关。
交无是非责，且得任疏顽。
日夕临清涧，逍遥思虑闲。

出去唯空屋，弊簧委窗间。
何异林栖鸟，恋此复来还。
世荣斯独已，颓志亦何攀。
唯当岁丰熟，闾里一欢颜。

【题解】

　　这首诗主要描写了诗人居于山郊逍遥自在的生活。题目中所谓的"志"即远离官场的隐居之志。此诗的语言平淡自然，完全以日常语构成，这是仿效陶渊明的语言，尤其是其中"林栖鸟"之"鸟"意象的运用，深得陶渊明的神韵。

【注释】

　　① 负暄：曝背取暖。
　　② 衡门：指简陋的门，也代指隐士的门。《诗·陈风·衡门》："衡门之下，可以栖迟。"

幽　居

唐·韦应物

贵贱虽异等，出门皆有营。
独无外物牵，遂此幽居情。
微雨夜来过，不知春草生。
青山忽已曙，鸟雀绕舍鸣。

时与道人偶^①，或随樵者行。
自当安蹇劣^②，谁谓薄世荣。

【题 解】

幽居，即隐居，陶渊明《答庞参军》中有"我实幽居士，无复东西缘"。此诗描写诗人幽居时的闲适幽雅的生活。他与世无争，毫不关心世事，"微雨夜来过，不知春草生"，甚至连春天来了都不知道。全诗的语言平淡质朴，景物描写自然清新，很好地表现了诗人淡泊名利的高雅精神。

【注 释】

① 偶：伴侣。
② 蹇（jiǎn）劣：不好的境遇。

野 居

唐·韦应物

结发屡辞秩^①，立身本疏慢。
今得罢守归，幸无世欲患。
栖止且偏僻，嬉游无早晏^②。
逐兔上坡冈，捕鱼缘赤涧。
高歌意气在，贳酒^③贫居惯。
时启北窗扉，岂将文墨间。

【题 解】

　　这首诗作于诗人辞官期间，但具体年份难以确知，或为贞元元年（785）罢滁州刺史时或为贞元七年（791）罢苏州刺史时。全诗主要描写了诗人罢官闲居时自得自适的生活。全诗语言古朴，对偶自然，既有陶渊明田园诗语言的神韵，又具有南朝诗歌的才丽。

【注 释】

　　① 辞秩：辞官。
　　② 晏：晚。
　　③ 赊（shì）酒：赊酒。

田家三首

唐·柳宗元

其 一

蓐食①徇所务，驱牛向东阡。
鸡鸣村巷白，夜色归暮田。
札札耒耜声，飞飞来乌鸢②。
竭兹筋力事，持用穷岁年。
尽输助徭役，聊就空自眠。
子孙日已长，世世还复然。

【题解】

　　《田家三首》是柳宗元为永州刺史时所作，具体写作年代不可考。这三首诗叙事朴实生动，刻画人物形象生动，语言质朴自然，几近口语。全诗客观地表现了农村生活的艰难，表现了诗人对农民的关爱及对官吏的憎恶。语言的平淡自然有似陶渊明处，而立意与陶渊明的安贫不同，柳宗元是代农民对封建制度发出控诉，因此其中的情感是痛切的，而非陶渊明的闲适。第一首诗写农民一年四季从早到晚都处于辛苦紧张的劳动中，可到头来他们的劳动果实却被官府搜刮殆尽。

【注释】

　　① 蓐（rù）食：早食。
　　② 乌鸢：乌鸦和老鹰。

其　二

篱落^①隔烟火，农谈四邻夕。
庭际秋虫鸣，疏麻方寂历^②。
蚕丝尽输税，机杼空倚壁。
里胥^③夜经过，鸡黍事筵席。
各言官长峻，文字多督责。
东乡后租期，车毂陷泥泽。
公门少推恕，鞭朴恣狼藉^④。
努力慎经营，肌肤真可惜。
迎新在此岁，唯恐踵前迹。

【题解】

　　这是《田家三首》中的第二首，诗中通过具体的事例揭露了封建官

吏的种种罪行，反映了广大农民在封建暴政下的痛苦生活。

【注 释】

① 篱落：篱笆。
② 寂历：寂静。
③ 里胥：乡间的小吏。
④ 狼藉：杂乱的样子。

其 三

古道饶^①蒺藜^②，萦回古城曲。
蓼花^③被堤岸，陂水寒更绿。
是时收获竟^④，落日多樵牧。
风高榆柳疏，霜重梨枣熟。
行人迷去住，野鸟竞栖宿。
田翁笑相念，昏黑慎原陆。
今年幸少丰，无厌馕与粥^⑤。

【题 解】

这首诗描绘了秋收后农村的景象，刻画了一位淳朴可敬的田翁
形象。

【注 释】

① 饶：多。
② 蒺藜：郭璞《尔雅注疏》载："蒺藜，布地蔓生，细叶，子有三角，刺人。"
③ 蓼花：一年生草本植物，生长在水边或湿地。有水蓼、马蓼多种。

④ 竟：完成。

⑤ 馓（zhān）与粥：《礼记·檀弓》孔颖达疏："厚曰馓，希曰粥。"

渔　翁

唐·柳宗元

渔翁夜傍①西岩②宿，晓汲清湘③燃楚竹。
烟销日出不见人，欸乃④一声山水绿。
回看天际下中流，岩上无心云相逐。

【题解】

这首诗写于柳宗元贬谪永州时。诗歌塑造了一个不合流俗的渔翁形象，他隐身避世，垂钓自适。渔翁不是一位捕鱼的劳动者，而是一位精神超脱的高人隐士。诗中宁静空旷的山水描写与渔翁的超脱形象完美地融合在一起，表现了诗人在遭受政治打击之后甘于闲适的心情。

【注释】

① 傍：靠近。

② 西岩：即指西山。

③ 清湘：晋罗含《湘中记》记载："湘水至清，虽深五六丈，见底。"

④ 欸（ǎi）乃：元结有《欸乃曲》。古人对这两个字的读音有多种说法，我们取为多数人接受的欸乃。

烟销日出不见人，欸乃一声山水绿。

溪　居

唐·柳宗元

久为簪组^①累，幸此南夷^②谪。
闲依农圃邻，偶似山林客^③。
晓耕翻露草，夜榜响溪石。
来往不逢人，长歌楚天碧。

【题 解】

　　这首诗作于柳宗元贬谪永州居住于永州冉溪之畔时。全诗主要描写了诗人迁居冉溪后的生活。诗中虽然写出了诗人无拘无束、自由自在的闲居生活，但其中却隐藏了诗人难以言说的孤独与忧愤。这种强作闲适也是柳宗元这一时期诗歌的主要情感基调。

【注 释】

　　① 簪组：官服。这里代指当官。
　　② 南夷：指永州。屈原《九章·涉江》有："哀南夷之莫我知兮，且余济乎江湘。"
　　③ 山林客：指隐士。

雨后晓行至愚溪北池

唐·柳宗元

宿云①散洲渚②，晓日明村坞③。
高树临清池，风惊夜来雨。
予心适无事，偶此成宾主。

【题解】

愚溪北池在愚溪之北。柳宗元《愚溪诗序》中有："愚溪之上，买小丘为愚丘，自愚丘东北行六十步，得泉焉，又买居之为愚泉。愚泉凡六穴，皆出山下平地，盖上出也。合流屈曲而南，为愚沟，遂负土累石，塞其隘为愚池。"全诗主要描写了愚池雨后早晨的景色，景物描写动静结合，色彩明朗和谐。诗人虽然竭力写出景物的和谐，并将自己也放入景物中，但是最后两句中的"适"与"偶"二字却透露了诗人此时并不平静的心情，诗人是在强作闲适。

【注释】

①宿云：昨天的云。
②洲渚：水中的高低。
③村坞：村庄。

秋晓行南谷经荒村

唐·柳宗元

杪秋①霜露重，晨起行幽谷。

黄叶覆溪桥，荒村唯古木。

寒花疏寂历，幽泉微断续。

机心②久已忘，何事惊麋鹿？

【题解】

这首诗主要描写了诗人经过荒村去南谷的路上所见到的景物，写出了山村中无处不在的荒凉与寂寥。诗人置身在这样的景物中，深藏内心的落寞愤激之情也不由生出。"机心久已忘，何事惊麋鹿"是诗人故作旷达之语。整首诗以写景为主，但景中含情，处处可以感受到诗人久居蛮荒之地的无奈心情。

【注释】

①杪（miǎo）秋：秋末。

②机心：机巧之心。《庄子·天地》有："有机械者必有机事，有机事者必有机心。"

独钓四首

唐·韩愈

其 一

侯家①林馆胜，偶入得垂竿。

曲树行藤角②，平池散芡盘③。

羽沈知食驶④，缗⑤细觉牵难。

聊取夸儿女，榆条系从鞍。

【题 解】

　　这首诗作于元和十三年（818）的秋天，此时韩愈为刑部侍郎。这四首诗歌主要描写了诗人在垂钓过程中所见到的景物，表现了诗人热爱自然、热爱生活、积极向上的精神。韩愈的主要诗风是奇崛瑰怪，但是这四首诗却写得自然平易，是韩愈少有的清新、淡雅的写景小诗。

【注 释】

　　① 侯家：公侯之家。
　　② 藤角：藤子，如槐角、皂角等。
　　③ 芡盘：芡叶如同荷叶，但比荷叶还要大，形状像盘子，所以称为"芡盘"。
　　④ 駃（kuài）：速。
　　⑤ 缗：钓鱼丝。

其　二

一径向池斜，池塘野草花。

雨多添柳耳，水长减蒲芽。

坐①厌亲刑柄，偷来傍钓车。

太平公事少，吏隐讵②相赊。

【注 释】

　　① 坐：正好。
　　② 讵：岂。

其 三

独往南塘上，秋晨景气醒。
露排四岸草，风约^①半池萍。
鸟下见人寂，鱼来闻饵馨。
所嗟无可召，不得倒吾瓶。

【注释】

① 约：约束，束缚。

其 四

秋半百物变，溪鱼去不来。
风能坼芡嘴，露亦染梨腮。
远岫重叠出，寒花散乱开。
所期终莫至，日暮与谁回。

插田歌

唐·刘禹锡

连州^①城下，俯接村墟。偶登郡楼，适有所感，遂书其事为俚歌，以俟采诗者。

冈头花草齐，燕子东西飞。
田塍望如线，白水光参差。

农妇白纻裙^②，农父绿蓑衣。

齐唱郢中歌^③，嘤咛^④如竹枝。

但闻怨响音，不辨俚语词。

时时一大笑，此必相嘲嗤。

水平苗漠漠，烟火生墟落。

黄犬往复还，赤鸡鸣且啄。

路旁谁家郎，乌帽衫袖长。

自言上计吏^⑤，年初离帝乡。

田夫语计吏，君家侬定谙。

一来长安道，眼大不相参。

计吏笑致辞，长安真大处。

省门高轲峨，侬入无度数。

昨来补卫士，唯用筒竹布^⑥。

君看二三年，我作官人去。

【题解】

　　这首诗记叙了连州农民插秧的活泼场面，以及农民与计吏的一场对话，刻画了勤劳质朴的农民形象，以及虚荣浅薄的计吏形象，反映出当时农民与官府之间微妙的关系。这是一首乐府体诗歌，将乐府的叙事功能和对话的形式与民歌清新自然的风格相结合，语言通俗易懂，农民的话语纯用口语，在轻松幽默的格调中反映了社会的重大问题，是一首优秀的反映现实之作。

【注释】

　　①连州：地名，治所在今广东省连县。
　　②白纻（zhù）裙：白麻布做的裙子。

③ 郢中歌：楚歌。一说俚歌。

④ 嘤咛：形容相和的声音。

⑤ 上计吏：入京办理上报州郡年终户口、垦田、收入等事务的小吏。亦称"计吏"。

⑥ 筒竹布：唐代一种价值昂贵的布。贮藏在竹筒中，为蜀地名产。又名黄润。

竹枝词 九首选一

唐·刘禹锡

其 九

山上层层桃李花，云间烟火是人家。
银钏金钗来负水，长刀短笠去烧畲。

【题解】

《竹枝词》一共九首，是诗人根据当地的民歌而创作的，描写了巴东山区人民的生活。这里所选的是第九首。诗的前两句写出了巴山地区特有的自然环境，呈现出一种自然清新之美。诗的后两句描写山民们的劳动场景，女人们挑水做饭，男人们烧畲种地，男女分工明确，配合得天衣无缝。诗人对当地人勤劳的肯定、对劳动的赞美也可见一斑。全诗节奏鲜明，与山民们热烈的劳动场景相配合，语言凝练，富于表现力。

观刈麦

唐·白居易

田家少闲月，五月人倍忙。
夜来南风起，小麦覆陇黄。
妇姑荷箪食，童稚携壶浆。
相随饷田去，丁壮在南冈。
足蒸暑土气，背灼炎天光。
力尽不知热，但惜夏日长。
复有贫妇人，抱子在其旁。
右手秉遗穗，左臂悬敝筐。
听其相顾言，闻者为悲伤。
家田输税尽，拾此充饥肠。
今我何功德，曾不事农桑。
吏禄三百石，岁晏有余粮。
念此私自愧，尽日不能忘。

【题 解】

　　这首诗作于白居易任盩厔县尉之时，是一首非常著名的讽喻诗。诗中首先叙述了农家人的劳动场面，表现了农民的勤劳和生活的艰辛。接着诗人就所见到的场面抒发感慨，他由农民的艰辛联想到了自己身为官员所过的舒适生活，惭愧之情顿生，表现了诗人对农民的深切同情。这首诗的叙事层次清晰，结构合理，从农民之苦到诗人之适，触景生情，既详尽地表现了农民之苦，也自然地抒发了诗人的真情。

村居苦寒

唐·白居易

八年十二月，五日雪纷纷。

竹柏皆冻死，况彼无衣民。

回观村闾间，十室八九贫。

北风利如剑，布絮不蔽身。

唯烧蒿棘火，愁坐夜待晨。

乃知大寒岁，农者尤苦辛。

顾我当此日，草堂深掩门。

褐裘覆绨^①被，坐卧有余温。

幸免饥寒苦，又无垄亩勤。

念彼深可愧，自问是何人？

【题解】

诗中的"八年十二月"指元和六年（811）的十二月。这一年诗人守母丧，居住在老家下邽村。诗中首先描写了下邽村农民在寒冬时的艰苦生活。接着将自己的舒适生活与之对比，深感愧疚。这首诗的结构和主旨与上一首《观刈麦》一样，都是通过农民的悲惨生活与诗人自己的舒适生活作对比，突出农民之苦，反映当时社会的不公。全诗语言通俗，诗境平易，这是白居易讽喻诗的一贯风格。

【注 释】

① 绨（shī）：一种粗绸缎。

村　夜

唐·白居易

霜草苍苍虫切切，村南村北行人绝。
独出门前望野田，月明荞麦花如雪。

【题解】

这首诗描写了乡村夜间的景物，在白居易的诗中非常难得。诗中纯用白描的手法，语言平淡清新，却饶有诗意。

悯　农 二首

唐·李绅

其　一

春种一粒粟，秋收万颗子。
四海无闲田，农夫犹饿死。

其　二

锄禾日当午，汗滴禾下土。
谁知盘中餐，粒粒皆辛苦。

【题解】

李绅的这两首小诗，千古传诵，耳熟能详，写出了农民劳动的艰辛

和对浪费粮食的愤慨。

【名句】

谁知盘中餐，粒粒皆辛苦。

夜到渔家

唐·张籍

渔家在江口，潮水入柴扉^①。
行客欲投宿，主人犹未归。
竹深村路远，月出钓船稀。
遥见寻沙岸，春风动草衣。

【题解】

这首诗描写诗人投宿渔家时所见到的情况。渔人居处简陋，环境冷清，他整日在外劳作，连潮水进入了家门也无暇顾及，直到月亮出来才披着蓑衣回来。此诗从江边的风物入手，描写了投宿渔家的一次经历，表现了渔家的辛劳和诗人对渔家的深情厚谊。全诗语言平淡自然，描写诗人的心情生动传神，景物新颖清新，是一首别具一格的田园诗。

【注释】

① 柴扉：柴门。

牧童词

唐·张籍

远牧牛，绕村四面禾黍稠。

陂^①中饥鸟啄牛背，令我不得戏垅头。

入陂草多牛散行，白犊时向芦中鸣。

隔堤吹叶^②应同伴，还鼓长鞭三四声。

牛牛食草莫相触，官家截尔头上角。

【题解】

　　诗中所描写的就是一幅形象的儿童牧牛图。牧场的环境、牧童的心理活动、牛吃草的样子，无不生动地展现在读者的面前。但是，诗人的重点并不在此，而在结尾的两句："牛牛食草莫相触，官家截尔头上角。"牧童叮嘱牛要小心，不要让官家截去了它们的角。诗人借牧童之口，自然地展现了人民对官府的恐惧心态。全诗语言质朴清新，明白如话。整首诗的格调轻松明快，而讽刺却尖锐深刻。

【注释】

　　①陂（pí）：河畔的堤岸。
　　②吹叶：将叶子卷起来，吹出声音。

野老歌

唐·张籍

老翁家贫在山住，耕种山田三四亩。
苗疏税多不得食，输入官仓化为土。
岁暮锄犁傍空室，呼儿登山收橡实。
西江①贾客珠百斛，船中养犬长食肉。

【题解】

这是张籍自创的新题乐府。诗中首先描写了山中老人终年艰苦劳作、到头来却衣食不保的苦难生活。与之相对的是，江上商人的狗却能常年食肉。诗人采用直陈其事的手法，首先就老农之事一一道来，最后带出贾客这一不合理形象，通过两者的对比，尖锐地指出了封建制度的残酷剥削和世道的昏暗，揭露现实非常深刻。全诗用语简洁，频繁转换的韵脚形成了活泼圆转的语言风格。

【注释】

①西江：指长江中下游。

田家行

唐·王建

男声欣欣①女颜悦，人家不怨言语别②。

五月虽热麦风^③清，檐头索索^④缫车鸣。

野蚕作茧人不取，叶间扑扑秋蛾生。

麦收上场绢在轴，的知输^⑤得官家足。

不望入口复上身，且免向城卖黄犊。

田家衣食无厚薄，不见县门^⑥身即乐。

【题解】

此诗主要描写了田家人丰收的喜悦，但他们的喜悦不在于丰收可以让他们过上丰衣足食的美好生活，而在于丰收可以交足官家赋税。由此讽刺了中唐时期统治者对农民的残酷剥削。这是一首讽喻现实的新题乐府，诗人采用了直陈其事的手法，选取了农家生活的具体场面，以质朴无华、简洁流畅的语言，真实、自然地描写了农家生活的艰难，充分发挥了乐府诗讽喻现实的功能。

【注 释】

①欣欣：欢乐的样子。

②别：特别，例外。

③麦风：麦子成熟时的风，指南风。

④索索：缫车缫丝的声音。

⑤输：缴纳赋税。

⑥县门：县衙门。

雨过山村

唐·王建

雨里鸡鸣一两家，竹溪村路板桥斜。
妇姑^①相唤浴蚕去，闲看中庭栀子花。

【题 解】

这首诗描绘了诗人所见到的雨中之山村风光和山村农忙的场景。山村风光幽美纯净，山民们勤劳和睦，整首诗表现出浓郁的生活气息。全诗的语言清新活泼，意象新鲜生动，历来受到诗评家的好评。

【注 释】

① 妇姑：嫂子和小姑。

【名 句】

妇姑相唤浴蚕去，闲看中庭栀子花。

水夫谣

唐·王建

苦哉生长当驿边，官家使我牵驿船。

辛苦日多乐日少，水宿沙行如海鸟。

逆风上水万斛^①重，前驿迢迢^②后森森^③。

半夜缘堤雪和雨，受他驱遣还复去。

夜寒衣湿披短蓑，臆^④穿^⑤足裂忍痛何！

到明辛苦无处说，齐声腾踏牵船歌。

一间茅屋何所值，父母之乡去不得。

我愿此水作平田，长使水夫不怨天。

【题 解】

　　水夫指纤夫。此诗通过水夫们的心理活动描写，反映了水夫们的苦难生活。诗中以水夫内心独白的方式，控诉了社会的黑暗。唐代"安史之乱"后，北方经济遭到严重破坏，为了维持唐王朝的日常运转和官僚们的奢侈生活，唐王朝需要将南方物资运往北方，其中有很多物资需要走水路。这就是水夫们苦难生活的根源之一。诗人就是以水夫为对象反映了这样的社会现实，具有很强的社会针对性。诗中没有华丽的辞藻，平淡无奇的语言具有民歌的风味，但是读来却深入人心，句句发人深省。

【注 释】

①斛：计量单位，古代以十斗为一斛。

②迢迢：遥远的样子。

③森森：漫无边际的样子。

④臆：胸口。

⑤穿：磨破。

田家留客

唐·王建

人家少能留我屋，客有新浆马有粟。
远行僮仆应苦饥，新妇厨中炊欲熟。
不嫌田家破门户，蚕房新泥无风土。
行人但饮莫畏贫，明府①上来何苦辛。
丁宁回语屋中妻，有客勿令儿夜啼。
双冢直西有县路，我教丁男②送君去。

【题 解】

这首诗主要描写了田家人的热情好客。田家人自家的生活非常艰难，但是却想方设法让过路的客人吃得开心、住得舒适。诗人通过刻画主人的一言一行，表现了田家人质朴热情的性格。全诗语言质朴自然，符合田间人质朴热情的性格。

【注 释】

① 明府：指官府。
② 丁男：成年的男子。唐制二十一岁为丁，六十岁为老。

田 家

唐·王建

啾啾雀满树，霭霭东坡雨。

田家夜无食，水中摘禾黍。

【题 解】

这首小诗描绘了田家的景物和田家人生活的艰苦。描写景物形象生动，描写农家之苦语淡而意深。

橡媪叹

唐·皮日休

秋深橡子熟，散落榛芜冈。
伛偻黄发^①媪，拾之践晨霜。
移时始盈掬^②，尽日方满筐。
几曝复几蒸，用作三冬粮。
山前有熟稻，紫穗袭人香。
细获又精舂，粒粒如玉珰^③。
持之纳于官，私室无仓箱。
如何一石余，只作五斗量！
狡吏不畏刑，贪官不避赃。
典时作私债，农毕归官仓。
自冬及于春，橡实诳饥肠。
吾闻田成子，诈仁犹自王^④。
吁嗟逢橡媪，不觉泪沾裳。

【题解】

　　皮日休作有《正乐府》十首，以讽喻社会现实为内容，强调诗歌的社会功能。《橡媪叹》是其中的第二首。诗中以老妇人的口吻，述说她以橡子为食的艰难生活。而造成这种苦难的正是官府，他们横征暴敛，以各种手段将老百姓的劳动所得搜刮殆尽。诗中运用赋的手法，叙事脉络清晰，语言质朴通俗，刚健有力，将老百姓的艰苦生活表现得淋漓尽致，将官府的丑恶嘴脸暴露无遗，表现了诗人对老百姓的深切同情和对官府的极度不满。

【注释】

① 黄发：老年人头发由白又转黄。

② 掬（jū）：用手捧东西。这里用作量词，如同我们今天说的"一捧"。

③ 玉珰（dāng）：玉制成的耳坠。

④ 田成子就是春秋时期的齐相田常，他曾故意用大斗把米借出，用小斗收回，从而获得齐人的拥护。这两句即用此事，意思是田成子为获得民心曾假仁假义地以大斗出小斗进，而现在的官吏连这种假仁假义都没有，而是以各种手段公开剥削百姓。

农父谣

唐·皮日休

农父冤辛苦，向我述其情。

难将一人农，可备十人征。

如何江淮粟，挽漕输咸京①。

黄河水如电，一半沈与倾。

均输^②利其事，职司安敢评。

三川^③岂不农，三辅^④岂不耕。

奚不车其粟，用以供天兵。

美哉农父言，何计达王程。

【题 解】

这是《正乐府》十首中的第四首。此诗以农父之口，控诉了朝廷沉重而繁苛的腐朽赋税制度以及不合理的均输制度。全诗的语言自然，符合农父的身份，对社会的批判深刻入里。

【注 释】

① 咸京：秦孝公时的京城在咸阳，故址在当时的长安附近，因而用"咸京"来代指京城长安。

② 均输：汉武帝时实行的一种经济措施，以调剂各地的物资供应。

③ 三川：指泾、渭、汭三水，泛指长安和洛阳两都之地。

④ 三辅：三辅是西汉治理京畿地区的三个职官名称，即左右内史和都尉。这里用来代指三辅所治理的地区，即长安附近。

南园十三首 十三首选一

唐·李贺

其十三

小树开朝径，长茸湿夜烟。

柳花惊雪浦，麦雨涨溪田。
古刹疏钟度，遥岚破月悬。
沙头敲石火，烧竹照渔船。

【题 解】

这首诗以时间为顺序，描写了乡村中一天的幽美景物。这种幽美的景物暗含了诗人复杂的心情。诗人创作这首诗时仅仅二十四岁，仕途上的不顺迫使他归隐南园，内心始终愤愤难平，充满苦闷。所以他所选的景物如雾气、柳絮、钟声等都带有虚无缥缈之感，正切合了他苦闷的心情。全诗写景远近有序，动静结合，清新明快的语言在李贺诗中较为少见。

田　家

唐·聂夷中

父耕原上田，子劚①山下荒。
六月禾未秀，官家已修仓。

【题 解】

聂夷中是晚唐关注现实、反映现实的诗人。这首诗以对比的手法，形象鲜明地表现了农民的艰苦生活以及官府对农民的残酷剥削，表达了诗人对贫苦农民的深切同情。全诗语言简洁质朴，刻画农民辛劳的劳作场面真实、形象。

【注 释】

① 劚（zhǔ）：一种农具，与锄头相似。这里用作动词，意为用劚挖土。

伤田家

唐·聂夷中

二月卖新丝，五月粜①新谷。
医得眼前疮，剜却心头肉。
我愿君王心，化作光明烛。
不照绮罗筵，只照逃亡屋②。

【题 解】

"伤田家"又作"咏田家"。诗中描写了深受统治阶级残酷压迫的广大农民，过着"挖肉补疮"的艰苦生活。"医得眼前疮，剜却心头肉"两句高度概括了农民的苦难，语言简洁而铿锵有力。"不照绮罗筵，只照逃亡屋"以对比的手法，揭露了统治阶级的腐朽、无情。这首诗千古传诵，清代的沈德潜将它与柳宗元的《捕蛇者说》相提并论，它们共同的艺术魅力在于深刻地揭露了封建统治阶级对广大老百姓的剥削，表达了作者对受苦百姓的关心与同情。

【注 释】

① 粜：卖出。
② 逃亡屋：农民逃亡后剩下的空房。这是当时一个普遍的社会现象，

农民不堪沉重的赋税，纷纷逃亡。

【名句】

医得眼前疮，剜却心头肉。

村居书事

唐·韦庄

年年耕与钓，鸥鸟^①已相依。
砌长苍苔厚，藤抽紫蔓^②肥。
风莺移树啭，雨燕入楼飞。
不觉春光暮，绕篱红杏稀。

【题解】

韦庄在咸通七年(866)，科举落第后曾定居虢州。他在虢州置有田产、家奴，过了一段宁静闲适的田园生活。这首诗即作于定居虢州时期。此诗主要描写了幽美、静谧的田园风光，表现了诗人对恬静、悠闲的乡居生活的喜爱。全诗语言清丽，这也是韦庄诗的主要特色。

【注释】

①鸥鸟:《列子》记载:"海上之人有好沤鸟者,每旦,至海上从沤鸟游。"
②紫蔓:指刚刚长出来的枝蔓。

纪村事

唐·韦庄

绿蔓映双扉，循^①墙一径微。
雨多庭果烂，稻熟渚禽肥。
酿酒迎新社^②，遥砧^③送暮晖。
数声牛上笛，何处饷田^④归。

【题 解】

这首诗作于韦庄自湘鄂返回关中之时。韦庄经过十几年的奔波，仍然未在仕途上有大的发展，遂在乾符六年（879）回到了关中，过了一段安静的田园生活。这首诗即描写此段时间的安静、富裕的乡居生活。诗中的语言清丽，对偶工整自然。

【注 释】

①循：依。
②社：社日。农家祈福的节日。有春社和秋社。
③砧：捣衣的石头。
④饷田：送饭到田里。

畬^①田词五首 <small>五首选三</small>

北宋·王禹偁

其 一

大家齐力劚^②孱颜，耳听田歌手莫闲。
各愿种成千百索，豆其禾穗满青山。

其 二

杀进鸡豚唤劚畬，由来递互作生涯。
莫言火种无多利，林树明年似乱麻。

其 四

北山种了种南山，相助力耕岂有偏。
愿得人间皆似我，也应四海少荒田。

【题 解】

《畬田词》共五首，作于宋太宗淳化二年（991），诗人于前一年贬官至商州。《畬田词》主要记录商州地区刀耕火种的农业生产方式，赞美了农民们的勤劳善良，表现了诗人对农业生产的重视。全诗以民歌的形式写成，语言清新活泼，生动形象地描绘了农民们劳作的场景，具有浓厚的乡土气息。

【注 释】

①畬（shē）：一种耕作方式，指放火烧荒播种。
②劚（zhú）：斫。

江上渔者

北宋·范仲淹

江上往来人，但爱鲈鱼美。
君看一叶舟，出没风波里。

【题 解】

　　这首诗以对比的手法表现了渔民们艰苦的生活，表现了诗人对贫苦百姓的关心与同情。江面上来来往往的人享受着美味的鲈鱼，却不知道渔夫打鱼的辛苦。他们终日驾着小船出没于惊涛骇浪中，冒着生命危险捕获一点鱼以维持生活。诗人就是通过吃鱼人与捕鱼人的对比，突出了渔民生活的艰辛。全诗的语言朴实自然，读起来朗朗上口。

【名 句】

　　君看一叶舟，出没风波里。

破阵子·春景

北宋·晏殊

　　燕子来时新社①，梨花落后清明。池上碧苔三四点，叶底黄鹂一两声。日长飞絮轻。

　　巧笑东邻女伴，采桑径里逢迎②。疑怪昨宵春梦好，元是今朝斗草③赢。笑从双脸生。

【题 解】

　　这首词的上片描写了暮春时节村野中清新、自然的风光；下片塑造了村野中天真、纯洁的少女形象，具有浓郁的乡间生活气息，表现了作者对生活的热爱。上片重在写景、下片重在写人，二者又自然地融合在一起，共同表现了春日乡间的快乐生活。晏殊属于婉约派，他的词以含蓄蕴藉者居多，格调高雅而充满忧愁，但是这首词却写得轻快流丽，语言明白如话，又隽永、自然。

【注 释】

　　① 新社：社日是古代祭祀土地神、祈求丰收的日子，有春社和秋社，这里指春社。
　　② 逢迎：相逢。
　　③ 斗草：古代妇女儿童玩的一种游戏。

田家 四首选二

北宋·梅尧臣

其 一

昨夜春雷作，荷锄理南陂。

杏花将及候，农事不可迟。

蚕女亦自念，牧童仍我随。

田中逢老父，荷杖独熙熙①。

其 二

　　草木绕篱盛，田园向郭斜。
　　去锄南山豆，归灌东园瓜。
　　白水照我屋，清风生稻花。
　　前陂日已晚，聒聒^②竞鸣蛙。

【题 解】

　　在梅尧臣的创作生涯中，作了多首以《田家》为题的诗，主要内容都是表现农民生活的艰难，批判朝廷的黑暗统治。我们这里选早期的组诗两首，从这组诗中，我们可以见出梅尧臣田园诗的主要主题。《田家》共四首，诗题原有注曰"四时"，创作于宋仁宗天圣九年（1031），梅尧臣任河南县主簿之时。四首诗分别描写了农民春、夏、秋、冬四季的辛勤劳作及其生活的酸甜苦辣。农民中男女老少，一年四季、白天黑夜都在辛苦地劳动，他们对生活的要求特别低，只要有饭吃、天黑能回家休息，他们就感到心满意足。可是，就这么一点愿望他们都难以实现，因为力役之男子都要服役。诗人通过描绘农民们终日辛勤劳动却过着无以卒岁的生活惨状，表现了诗人关心民生疾苦、同情老百姓的情怀。

【注 释】

　　① 熙熙：和乐的样子。
　　② 聒聒（guō）：喧闹的样子。

田家语

北宋·梅尧臣

谁道田家乐？春税秋未足！
里胥①扣我门，日夕苦煎促。
盛夏流潦多，白水高于屋。
水既害我菽，蝗又食我粟。
前月诏书来，生齿复板录②。
三丁藉一壮，恶使操弓韣③。
州符今又严，老吏持鞭朴。
搜索稚与艾，惟存跛无目。
田间敢怨嗟，父子各悲哭。
南亩焉可事？买箭卖牛犊。
愁气变久雨，铛缶④空无粥。
盲跛不能耕，死亡在迟速！
我闻诚所惭，徒尔叨君禄。
却咏归去来，刈薪向深谷。

【题解】

此诗以农家人的口吻，叙述了农民生活的种种苦处，揭露了朝廷、官府的种种罪恶，表现了诗人对苦难百姓的同情。天灾绝其收成，朝廷、官府的暴政让他们无处逃生。作为朝廷官员，诗人看到农民的生活如此凄惨，但又无能为力，心生愧疚，因而萌生了退隐的念头。全诗的语言如同农家人自言自语，浅显通俗。

【注释】

① 里胥：乡间的小吏。
② 生齿复板录：指官府登记人口。生齿：人口。板录：登记。
③ 弓韣（dú）：弓套。
④ 铛缶：锅和瓦罐。

小 村

北宋·梅尧臣

淮阔州多忽有村，棘篱疏败漫为门。
寒鸡得食自呼伴，老叟无衣犹抱孙。
野艇鸟翘^①唯断缆，枯桑水啮只危根。
嗟哉生计一如此，谬入王民版籍^②论。

【题解】

这首诗描写了淮河边上一个小村庄破败不堪、农民生活艰难的种种惨象。农民们住在破乱的房间中，生计断绝，老少终日衣食无着，日子过得连鸡都不如。最后两句"嗟哉生计一如此，谬入王民版籍论"，诗人对朝廷提出了尖锐的批评。全诗的语言平易自然，但生动地描写出了农民生活贫困的场面，如其中的"老叟无衣犹抱孙"让人不忍直视。

【注释】

① 鸟翘：船尾翘起如同鸟的翅膀，形容船只已经破败到极点。

② 版籍：领土，疆域。

【名句】

寒鸡得食自呼伴，老叟无衣犹抱孙。

东　溪

北宋·梅尧臣

行到东溪①看水时，坐临孤屿发船迟。
　野凫眠岸有闲意，老树著花无丑枝。
短短蒲茸②齐似剪，平平沙石净于筛。
情虽不厌住不得，薄暮③归来车马疲。

【题解】

这首诗作于梅尧臣守母丧居住家乡之时。在乡居的日子，诗人写下了不少表现自己闲情逸致的诗。这便是其中的代表作之一。诗中主要描写了东溪附近秀丽的风景。清澈的溪水，悠闲的野凫，开满花朵的老树，洁净的沙滩，等等。这一切都让诗人流离忘返，不忍离去。此诗景中寓情，秀丽的风光处处寄寓了诗人的闲情逸致。全诗的语言平淡自然，是梅尧臣诗风成熟后的代表之作。

【注释】

① 东溪：在诗人的家乡安徽宣城，发源于天目山。

②蒲茸：初生的菖蒲。

③薄暮：黄昏。

【名句】

野凫眠岸有闲意，老树著花无丑枝。

田　家

北宋·欧阳修

绿桑高下映平川，赛罢田神①笑语喧。
林外鸣鸠春雨歇，屋头初日杏花繁。

【题解】

　　这首诗主要描写了田家春日清新明快的景色，展示了农家人对美好生活的期待，表现了诗人对田家生活的热爱。田间桑树高下错落有致，农民们敬完田神之后快乐地交谈着，似乎对今年的丰收满怀希望。雨停后，鸟儿在山林间快乐地歌唱，屋子旁的杏花也在阳光下盛开，一切都显得生机勃勃，富有生活气息。全诗的语言平易自然，意境轻松明快。

【注释】

　　①赛罢田神：赛田神是古代农村祈求丰收的一种祭祀活动。

城南感怀呈永叔

北宋·苏舜钦

春阳泛野动，春阴与天低①。
远林气蔼蔼②，长道风依依③。
览物虽暂适，感怀翻然移。
所见既可骇，所闻良可悲。
去年水后旱，田亩不及犁。
冬温晚得雪，宿麦④生者稀。
前去固无望，即日已苦饥。
老稚满田野，斫掘寻凫茈⑤。
此物近亦尽，卷耳共所资。
昔云能驱风，充腹理不疑。
今乃有毒厉，肠胃生疮痍。
十有七八死，当路横其尸。
犬彘咋其骨，乌鸢啄其皮。
胡为残良民，令此鸟兽肥？
天岂意如此？决荡⑥莫可知！
高位厌粱肉，坐论搀云霓。
岂无富人术，使之长熙熙⑦？
我今饥伶俜⑧，悯此复自思。
自济既不暇，将复奈尔为！
愁愤徒满胸，嵘纮⑨不能齐。

【题 解】

这是一首揭露社会黑暗，同情民生疾苦的著名作品。它将农民生活的艰辛写得形象生动，表现出作者对农民的同情和对统治者的控诉。诗中写景、叙事、抒情相结合，语言朴质，感情真挚。

【注 释】

① 春阳：指春天的和暖阳光，春阴：指春天的阴暗之气。
② 蔼蔼：茂盛的样子。
③ 依依：轻柔的样子
④ 宿麦：上一年的麦子。
⑤ 凫茈：荸荠。
⑥ 决荡：探索。
⑦ 熙熙：和乐的样子。
⑧ 伶俜：孤苦伶仃。
⑨ 嵘纮：崇山峻岭。

行香子

北宋·秦观

树绕村庄，水满陂塘。倚东风、豪兴徜徉①。小园几许，收尽春光。
有桃花红，李花白，菜花黄。
远远苔墙，隐隐茅堂。飏②青旗，流水桥旁。偶然乘兴，步过东冈。
正莺儿啼，燕儿舞，蝶儿忙。

【题 解】

这首词描绘了春天里的乡村景物，表现了词人闲适愉悦的好心情。
小小的村庄被葱葱茏茏的树木环绕着，池塘的水已经满了。东风起，词

人忍不住开始游览。他首先来到小园，看见了开得正盛的桃花、李花、菜花。他走出小园，来到河边、山冈，处处都是春意盎然。这首词主要是写景，但词人的喜悦心情句句可见，是寓情于景的典型之作。词作的语言清新自然，意境明朗，富有生气。

【注 释】

① 徜徉（cháng yáng）：自由自在地行走。
② 飏（yáng）：飞扬。

蚕 妇

北宋·张俞

昨日入城市，归来泪满巾。
遍身罗绮者，不是养蚕人。

【题 解】

杨万里的《促织》与张俞的《蚕妇》都是反映农村织妇苦难生活的作品，杨万里的作品以咏物的形式出之，含蓄蕴藉，耐人寻味。张俞的作品直接描写，真切具体。艺术上各有特色。

【名 句】

遍身罗绮者，不是养蚕人。

菩萨蛮

北宋·王安石

数间茅屋闲临水，窄衫短帽垂杨里。花是去年红，吹开一夜风。
梢梢新月偃，午醉醒来晚。何物最关情，黄鹂三两声。

【题 解】

王安石晚年退居江宁的半山，在这期间写了不少山水田园诗词。这首《菩萨蛮》就作于此时。该词主要描写了隐居地清新、宁静的田园风光，表现了作者与世无争的隐逸情怀。这是一首集句词，但它切合此情此景。语言朴素而不失含蓄，风格闲雅，韵味悠长。

【名 句】

何物最关情，黄鹂三两声。

后元丰行 二首选一

北宋·王安石

其 二

歌元丰，十日五日一雨风①。
麦行千里不见土，连山没云皆种黍。
水秧绵绵复多稌②，龙骨③长干挂梁梠④。

鲥鱼⑤出网蔽洲渚，荻笋肥甘胜牛乳。

百钱可得酒斗许，虽非社日长闻鼓。

吴儿踏歌女起舞，但道快乐无所苦。

老翁堑水⑥西南流，杨柳中间杙⑦小舟。

乘兴欹眠过白下，逢人欢笑得无愁。

【题 解】

"元丰"是宋神宗的年号（1078—1085）。王安石共作有《后元丰行》两首，这里所选的是第二首。此诗主要描写了元丰年间、风调雨顺农业丰收、农民安居乐业的喜庆场面，表现了诗人轻松愉快的心情。这首诗歌下一首《歌元丰》的创作有一定的政治背景。元丰三年，王安石虽然已经退位，但宋神宗仍然在施行他所制定的新法。看到农村的美好生活与自己的变法有关，诗人倍感欣慰，对自己的变法充满信心。这是一首歌行体诗，语言流畅自然，格调轻松，将农村丰收的喜悦与诗人变法成功的喜悦很好地融合在了一起。

【注 释】

①十日五日一雨风：指风调雨顺。王充《论衡·是应篇》记载："五日一风，十日一雨。"

②稌（tú）：水稻。

③龙骨：指水车。

④梁栢：屋梁和屋檐。

⑤鲥（shí）鱼：一种名贵的食用鱼。

⑥堑水：指护城河。

⑦杙（yì）：小木桩。

歌元丰 五首选一

北宋·王安石

其 五

豚栅鸡埘①晻②霭间，暮林摇落献南山。
丰年处处人家好，随意飘然得往还。

【题解】

《歌元丰》一共五首，写于王安石退居江宁之时。这五首诗都是描写新法施行后农村丰收的种种喜状。这是其中的第五首。此诗描写了农村安静、祥和的生活景象。诗人生活其间，也感觉到舒适快乐。全诗的语言平易自然，描写出了农村丰收时快乐的生活场景。

【注释】

①埘（shí）：在墙上凿的鸡窝。
②晻（ǎn）：昏暗。

浣溪沙·徐门石潭谢雨道上作 五首

北宋·苏轼

徐门石潭谢雨道上作五首。潭在城东二十里，常与泗水增减，清浊相应。

其 一

照日深红暖见鱼，连村绿暗晚藏乌，黄童白叟聚睢盱①。
麋鹿逢人虽未惯，猿猱闻鼓不须呼，归家说与采桑姑。

其 二

旋抹红妆看使君，三三五五棘篱门，相排踏破茜罗裙。
老幼扶携收麦社，乌鸢翔舞赛神村，道逢醉叟卧黄昏。

其 三

麻叶层层苘叶光，谁家煮茧一村香，隔篱娇语络丝娘。
垂白杖藜抬醉眼，捋青捣麨软饥肠，问言豆叶几时黄。

其 四

簌簌衣巾落枣花，村南村北响缫车，牛衣古柳卖黄瓜。
酒困路长惟欲睡，日高人渴漫思茶，敲门试问野人家。

其 五

软草平莎过雨新，轻沙走马路无尘，何时收拾耦耕身。
日暖桑麻光似泼，风来蒿艾气如薰，使君元是此中人。

【题解】

苏轼是宋代的诗词大家，他不仅写有田园诗，还写有田园词。《浣溪沙》五首作于诗人任职徐州时往返途经农村时。五首词主要描写了石潭周围的村野风光，处处洋溢着活泼、自然的村野气息，表现了诗人对百姓的关爱，也可以看出百姓对诗人的爱戴。作品的语言质朴、亲切，生动、传神地描写了农村热闹、友爱的生活场面。

【注 释】

① 睢盱（suī xū）：睢：仰目而视。盱：张目直视。这里用来形容老人和孩子浑朴的样子。

【名 句】

酒困路长惟欲睡，日高人渴漫思茶，敲门试问野人家。

鹧鸪天

北宋·苏轼

林断山明竹隐墙，乱蝉衰草小池塘。翻空白鸟时时见，照水红蕖细细香。

村舍外，古城旁，杖藜①徐步转斜阳。殷勤昨夜三更雨，又得浮生一日凉。

【题 解】

这首词描绘了田园的优美景色，写出了村民悠闲的生活状态。然而，与一般的歌咏田园风光之作不一样，这首词一方面表现了词人对恬静田园生活的喜爱，另一方面又显示出词人此时淡淡的哀愁，透露出他的不平之心。结尾"殷勤昨夜三更雨，又得浮生一日凉"，既是实写景物，又使作品带上了明显的禅宗意味，耐人寻味。作品的语言清丽，意境深远。

【注释】

① 藜：草名，初生时可以食用，茎老后可以做拐杖。

【名句】

殷勤昨夜三更雨，又得浮生一日凉。

浣溪沙

北宋·苏轼

覆块青青麦未苏，江南云叶暗随车，临皋烟景世间无。
雨脚半收檐断线，雪床初下瓦跳珠，归来冰颗乱粘须。

【题解】

　　这首词描写了词人所见到的冬日特有的田园风光，表现了词人对这种景物的喜爱，流露出词人此时快乐的心情。冬日里的麦苗虽然长势有限，但青青的颜色充满了生机，暗示着来年的丰收。此时天空云朵片片，正随着客人的马车移动。词人不禁感叹，这样的景色真是此地仅有，他的满足心情溢于言表。除了麦田、白云让词人陶醉外，还有冬雨、冬雪给词人惊喜，下片的写景同样生动形象。这首词的语言清新，格调明快，境界含蓄蕴藉。

吴中田妇叹

北宋·苏轼

今年粳稻熟苦迟，庶见霜风来几时。
霜风来时雨如泻，杷①头出菌镰生衣。
眼枯泪尽雨不尽，忍见黄穗卧青泥！
茅苫②一月陇③上宿，天晴获稻随车归。
汗流肩赪④载入市，价贱乞与如糠粞⑤。
卖牛纳税拆屋炊，虑浅不及明年饥。
官今要钱不要米，西北万里招羌儿。
龚黄⑥满朝人更苦，不如却作河伯妇。

【题 解】

这首诗以农妇的口吻，描写了农民在遭遇天灾和暴政时的艰难生活，表现了诗人对受苦百姓的深切同情。天灾让农民们收成减少，而统治者的暴政让农民们生不如死，诗人通过天灾与暴政的结合，对统治者提出了尖锐的批评。

【注 释】

①杷：同"耙"，耙头，一种农具。
②茅苫（shān）：用茅草编织成的篷盖。
③陇：通"垄"。
④赪：红色。
⑤粞（xī）：碎米。
⑥龚黄：指汉代官员龚遂、黄霸。这里泛指朝廷官吏。

新城道中 二首选一

北宋·苏轼

其 一

东风知我欲山行，吹断檐间积雨声。

岭上晴云披絮帽，树头初日挂铜钲①。

野桃含笑竹篱短，溪柳自摇沙水清。

西崦②人家应最乐，煮芹烧笋饷春耕。

【题解】

《新城道中》共有两首，这里所选的是第一首。这首诗作于熙宁六年（1073），当时诗人任杭州通判，公干经过新城时所作。诗中主要描写了新城乡间赏心悦目的景色和农家快乐的生活。久雨初晴之时，山岭云雾缭绕，如同带上了一顶大棉帽。刚刚升起的太阳挂在树上，就像一面铜钲。此外还有野桃、竹篱、柳树、溪水，等等。除美妙的自然景观外，农家人煮芹烧笋的快乐生活场景更让诗人倍感欣慰，表现了诗人关心民生疾苦的爱民之心。诗人以比喻和拟人的手法写景，使景物之美与人心之乐完美地融合一体，语言自然清新。

【注释】

① 铜钲：古时候的一种打击乐器。

② 西崦（yān）：西山。

有感三首 其三

北宋·张耒

南风霏霏 ^① 麦花落，豆田漠漠 ^② 初垂角。

山边夜半一犁雨，田父高歌待收获。

雨多萧萧蚕簇 ^③ 寒，蚕妇低眉忧茧单。

人生多求复多怨，天公 ^④ 供尔良独难。

【题 解】

　　这首诗描写了春日的农村风光及其农民们辛勤劳作的场面，表现了诗人关心农事、同情农民之心。南风阵阵，麦花飞落，田地中的豆箕长得正茂盛。一场夜雨暗示着秋日的丰收，田父们忍不住高歌。然而同样的雨对蚕妇们来说却不是好事，她们的蚕可能无法很好地出丝。同样的雨，对不同的农作物有不同的影响，由此可知农事的艰难、农民的艰苦。"人生多求复多怨，天公供尔良独难"，诗人感叹连天都难以让农民们有个好收成。

【注 释】

　　① 霏霏：云气繁盛的样子。

　　② 漠漠：密集的样子。

　　③ 蚕簇：蚕丛，指蚕吐丝的地方。

　　④ 天公：天，大自然。

田家 二首选一

北宋·张耒

其 一

门外青流系野船，白杨红槿短篱边。
旱蝗千里秋田净，野秫^①萧萧^②八月天。

【题解】

这首诗描写了灾害过后农村衰败破落的景象。村庄中的船静静地被系在水边，院落中只有白杨、红槿，屋里屋外显得无比安静。但是，这种安静并不是要表现农村恬静的生活环境，而是显示出渺无人烟的生活惨况。原因在于这里发生了蝗灾，农民们或逃亡、或饿死，本应该收获的季节，田里却什么也没有，只有野秫随风摇动。全诗句句写景，以景物描写透露出农民生活的艰难，表现了诗人关心民生疾苦的情怀。

【注释】

①秫（shú）：黏高粱。
②萧萧：树木被风吹动的样子。这里指秫被风吹动的样子。

田 家

北宋·陈师道

鸡鸣人当行，犬鸣人当归。

秋来公事①急，出处不待时。
昨夜三尺雨，灶下已生泥。
人言田家乐，尔苦人得知。

【题 解】

这首诗主要描写了农民日出而作日入而息的艰苦劳动生活，及其在灾荒之年所遭受的苦难，批判了那种认为"田家乐"的肤浅认识。全诗的语言通俗易懂，读来明白如话，是诗人平易自然风格的代表作。

【注 释】

①公事：指朝廷征收赋税。

山斋 二首

北宋·陈与义

其 一

夏郊绿已遍，山斋昼自迟。
云雾忽分散，余碧暮逶迤。
寒暑送万古，荣枯各一时。
世纷幸莫及，我麈①得常持。

其　二

虽愧荷锄叟，朝来亦不闲。

自剪墙角树，尽纳溪西山。

经行天下半，送老此窗间。

日暮烟生岭，离离飞鸟还。

【题解】

这两首诗作于南宋高宗建炎四年（1130），诗人经历了靖康之乱后的多年逃亡，此时终于在湖南的紫阳山中安定了下来。这两首诗主要描写了隐居山间的这段闲适生活，表现了饱经战乱的诗人对安定生活的渴望。第一首主要描写了山中夏日幽静的风景，诗人深感这种安定生活的来之不易。第二首主要写了诗人一天的生活，从早晨至日暮，诗人都有事可干，他对这种生活颇为满意，希望终老此间。全诗的语言平易简洁，具有宋诗"以文为诗"的特色。

【注释】

①麈（zhǔ）：指麈尾，即拂尘，因以麈尾做成而名。

游山西村

南宋·陆游

莫笑农家腊酒①浑，丰年留客足鸡豚。

山重水复疑无路，柳暗花明又一村。

萧鼓追随春社②近，衣冠简朴古风存。

从今若许闲乘月，拄杖无时夜叩门。

【题 解】

　　山西村在今浙江省绍兴市鉴湖一带。这首诗写于乾道三年（1167）陆游罢官在家时。诗中描写了山西村丰收后的情景和当地农民们热情好客的民风，表现了诗人与农民间深厚的情谊。"山重水复疑无路，柳暗花明又一村"一联，是人尽皆知的名句。它不仅写出了在山村行走的真实情况，更重要的是它让人悟出了人生的哲理，人生之路充满坎坷，但是只要你坚持奋斗，前途定会是美好的。宋诗重理趣，陆游这句诗由景物描写悟出人生哲理，这就优于直接说理的方式。风景之美、人情之美、哲理之深，使这首诗成为陆游的代表作。

【注 释】

　　① 腊酒：腊月中酿成的酒。
　　② 春社：古人春天祭祀土地和五谷神的日子。

【名 句】

　　山重水复疑无路，柳暗花明又一村。

岳池农家

南宋·陆游

春深农家耕未足，原头叱叱①两黄犊。

泥融无块水初浑，雨细有痕秧正绿。

绿秧分时风日美，时平未有差科②起。

买花西舍喜成婚，持酒东邻贺生子。

谁言农家不入时？小姑画得城中眉。

一双素手无人识，空村相唤看缲丝。

农家农家乐复乐，不比市朝争夺恶。

宦游所得真几何？我已三年废东作③。

【题 解】

岳池位于四川盆地的东边，自古是农业发达之地。这首诗即作于途经岳池的时候。诗中描绘了一个个快乐、和谐的农村生活场景，如同世外桃源。诗人见此生活情景，不禁发出了归隐的呼声。此诗表现了久经战乱的诗人对和平生活的向往，这也是当时所有人的生活梦想。全诗的语言生动活泼，活灵活现地展示了农村和乐的生活场景。

【注 释】

①叱叱：驱赶牲畜时发出的吆喝声。

②差科：差役和赋税。

③东作：指春耕。这里代指农耕。

牧牛儿

南宋·陆游

南村牧牛儿，赤腿踏牛立。
衣穿江风冷，笠败山雨急。
长陂望若远，隘巷忽相及。
儿归牛入栏，烟火茅檐湿[①]。

【题 解】

　　这首诗主要描绘了农村牧童的艰苦生活，表现了诗人对牧童的关心与同情。牧童骑在牛身上，身着短裤与破棉袄，这些衣物根本就不能阻挡风雨带来的寒冷。到了傍晚，牧童终于带着牛回到了村庄中，走进了狭窄的巷子。把牛安顿在牛栏之后，牧童才能回到自己的茅屋中，生火做饭。陆游笔下的牧童形象与王维诗中的牧童形象不一样，王维诗中的牧童有家人在门口等着回家，而此处的牧童回家之后也是形单影只。两相比较，更可以见出陆诗所写牧童生活的艰难。陆游用白描的手法、平淡的语言，客观形象地刻画了一个牧童形象，字里行间充满对牧童的关爱与同情。

【注释】

① 此句指烟从湿漉漉的茅屋中冒出来。

春晚即事 二首

南宋·陆游

其　一

桑麻夹道蔽行人，桃李随风旋作尘。
煜煜①红灯迎妇担，冬冬画鼓祭蚕神。

其　二

龙骨②车鸣水入塘，雨来犹可望丰穰。
老农爱犊行泥缓，幼妇忧蚕采叶忙。

【题 解】

　　陆游有多首题为《春晚即事》的作品，我们选择其中的两首。这两首诗作于陆游晚年退居故乡山阴之时。这时的诗人对农村的生活有了更真切的体验，与故乡农民有了深切的感情。这两首诗共同表现了诗人对农民的关心与爱护。第一首描写了春日农民们祭蚕神、祈求丰收的场面，表现了农民对丰收的渴望。第二首描写了农民们辛勤劳作的场面，赞美了农民们的勤劳与善良。全诗以白描的手法描写了农民日常生活的一事一物，语言自然流畅，形同口语。

① 煜煜（yù）：闪闪发光的样子。
② 龙骨：指水车。

东西家

南宋·陆游

东家云出岫，西家笼半山。
西家泉落涧，东家鸣佩环。
相对篱数掩，各有茅三间。
芹羹与麦饭，日不废往还。
儿女若一家，鸡犬意自闲。
我亦思卜邻，余地君勿悭。

【题 解】

这首诗主要描绘了安静的田园风光，歌咏了生活于此间和睦相处的两户农家，表现了诗人与农民的深厚感情。诗人将两家人的日常生活摄入诗中。他们倒水、沏茶的声音可以相互听见；他们的生活并不富裕，但是能够同甘共苦，粗茶淡饭一起享用；他们的孩子一起玩耍，一起成长；他们的鸡犬也一起养在院落中。这样的邻里关系是多么让人羡慕，因此诗人忍不住要与他们为邻。全诗平白如话，但因为饱含真挚的感情，又具有沉郁深婉的风格。

小园 四首选二

南宋·陆游

其 一

小园烟草接邻家，桑柘阴阴①一径斜。
卧读陶诗未终卷，又乘微雨去锄瓜。

其 三

村南村北鹁鸪②声，水刺新秧漫漫平。
行遍天涯千万里，却从邻父学春耕。

【题解】

　　小园指诗人的家园，这首诗作于诗人免官退居家乡之时。诗中描写了家园恬静而充满活力的风光，叙述了诗人读陶诗、参加农事的日常生活。让一个五十多岁的读书人参加农事，其困难是可想而知的，但诗人却表现出怡然自乐的态度，他对这样的生活颇为满意。全诗的语言平淡、自然，但饱含诗意，具有陶渊明田园诗的韵味。

【注释】

　　① 阴阴：幽暗的样子。
　　② 鹁鸪（bó gū）：斑鸠。

四时田园杂兴 六十首选十

南宋·范成大

春日田园杂兴

土膏^①欲动雨频催，万草千花一晌开。
舍后荒畦犹绿秀，邻家鞭笋过墙来。

高田二麦接山青，傍水低田绿未耕。
桃杏满村春似锦，踏歌椎鼓过清明。

晚春田园杂兴

湖莲旧荡^②藕新翻，小小荷钱没涨痕。
斟酌梅天风浪紧，更从外水种芦根。

蝴蝶双双入菜花，日长无客到田家。
鸡飞过篱犬吠窦，知有行商来买茶。

夏日田园杂兴

五月江吴麦秀寒，移秧披絮尚衣单。
稻根科斗^③行如块，田水今年一尺宽。
百沸缲汤雪涌波，缲车嘈囋雨鸣蓑。
桑姑盆手交相贺，绵茧^④无多丝茧多。

秋日田园杂兴

静看檐蛛结网低，无端妨碍小虫飞。
蜻蜓倒挂蜂儿窘，催唤山童为解围。

垂成穑事苦艰难，忌雨嫌风更怯寒。
牋诉天公休掠剩，半赏私债半输官。

冬日田园杂兴

屋上添高一把茅，密泥房壁似僧寮⑤。
从教屋外阴风吼，卧听篱头响玉箫。

探梅公子款柴门，枝北枝南总未春。
忽见小桃红似锦，却疑侬是武陵人。

【题解】

《四时田园杂兴》六十首作于宋孝宗淳熙十三年（1186）。这时诗人范成大在故乡石湖养病。这一大型组诗分"春日"、"晚春"、"夏日"、"秋日"、"冬日"五小组，每组十二首。这些诗主要描写了农村的生产劳动和农村的风俗习惯以及乡间特有的风景。钱钟书在《宋诗选注》中如此评价："范成大的《四时田园杂兴》六十首使脱离现实的田园诗有了泥土和血汗的气息，根据他的亲切的观感，把一年四季的农村劳动和生活鲜明地刻画出一个比较完整的面貌，使田园诗又获得了生命，扩大了境地，范成大就可以和陶潜相提并称，甚至比他后来居上。"范成大就是凭借这一大型组诗成为与陶渊明相提并论的田园诗人。这里从每小组中选二首、共十首，以此来见出范成大田园诗特有的风格。

【注释】

① 土膏：滋润的沃土。
② 荡：种荷养鱼的水田。

③科斗：即蝌蚪。

④绵茧：质量不好的茧。

⑤僧寮：僧人住的小房子。诗中泛指农民住的茅草屋。

缫丝①行

南宋·范成大

小麦青青大麦黄，原头日出天色凉。

妇姑相呼有忙事，舍后煮茧门前香。

缫车嘈嘈②似风雨，茧厚丝长无断缕。

今年那暇织绢著，明日西门卖丝去。

【题 解】

这首歌行体诗生动、传神地描写了农村妇女夏日缫丝的过程，反映了农村妇女的劳动生活，揭示了封建统治阶级对农民的残酷剥削。全诗共八句，前面六句描写的劳动场景是轻松、快乐的，节奏也明快、流畅，描绘出了农村妇女快乐劳动的气氛，可见出其品质的可贵。最后两句"今年那暇织绢着，明日西门卖丝去"情调急转，农妇们的辛勤劳动虽然获得了成果，但这成果不是供自己享受，而是要赶快拿去市场卖掉以缴纳赋税，快乐的气氛荡然无存，诗人对统治阶级的讽刺也一览无余。

【注 释】

①缫丝：把蚕茧的丝抽出来，缠绕在丝筐上，以便纺织。

②嘈嘈：指缫丝时发出的声音。

田家留客行

南宋·范成大

行人莫笑田家小，门户虽低堪洒扫。
大儿系驴桑树边，小儿拂席软胜毡。
木臼新舂雪花白①，急炊香饭来看客。
好人入门百事宜，今年不忧蚕麦迟。

【题解】

这首诗描写了诗人住宿田家的一次经历，赞美了农家人好客、淳朴的性格，而诗人对这种生活的喜爱亦可从中见出。诗人描写田家留客的热情场面生动有趣：大儿子忙着招呼客人的驴，小儿子开始为客人准备床席，农家主妇忙着为客人准备食物，全家总动员为客人服务。全诗的语言平易明快，诗意明白，而又不失含蓄蕴藉。

【注释】

①雪花白：形容舂出来的粮食像雪花一样白，说明农妇选择的是上等的粮食。

催租行

南宋·范成大

输租得钞①官更催，踉跄里正敲门来。

手持文书杂嗔喜，我亦来营醉归耳。

床头悭囊^②大如拳，扑破正有三百钱。

不堪与君成一醉，聊复偿君草鞋费。

【题解】

　　这首诗描写了官吏收租时的一个场面，揭露了封建官吏敲诈勒索农民的丑恶嘴脸，由此见出当时农民所受到的残酷压迫和困苦的生活现状。这是一首乐府体诗，范成大深得乐府诗歌描写典型场景的表现手法，选取了官吏收租抢钱的一个片段，颇具戏剧性，将官吏的丑恶嘴脸一展无余。

【注释】

　　① 钞：户钞。官府发给缴租户的收据。

　　② 悭囊：原指吝啬者的钱包。这里指农民的钱袋，用以表明农民们的钱来之不易，他们需要严加保管。

后催租行

南宋·范成大

老父田荒秋雨里，旧时高岸今江水。

佣耕^①犹自抱长饥，的^②知无力输租米。

自从乡官新上来，黄纸放尽白纸催^③。

卖衣得钱都纳却④，病骨虽寒聊免缚。

去年衣尽到家口，大女临歧两分首⑤。

今年次女已行媒⑥，亦复驱将换升斗。

室中更有第三女，明年不怕催租苦。

【题 解】

　　这首诗借老农的自白控诉了统治者的凶残，揭露了他们伪善的面孔，表达了诗人对贫苦百姓的深切同情。

【注 释】

　　① 佣耕：当雇农。

　　② 的：的确。

　　③ 黄纸：指皇帝的诏书。白纸：指地方官府的文书。

　　④ 纳却：交掉。

　　⑤ 分首：分别。

　　⑥ 行媒：与人订婚。

农家叹

南宋·杨万里

两月春霖①三日晴，冬寒初暖稍秧青。

春工只要花迟着②，愁损农家管得星③。

【题解】

  这首诗以农家人的口吻，从自然界不如人意的角度，感叹了农家人生活的艰难，是一首同情农民、讽刺统治阶级的诗。整首诗表面上是在写农民与自然界的矛盾，而实际上是在写农民与统治阶级的矛盾。尤其是结尾两句"春工只要花迟着，愁损农家管得星"，表面上是农民对"春工"表示愤恨，是他们让花儿迟开，季节反常。而实际上指责的对象是统治阶级，是统治者为了自己的享受而不想春日离去。全诗语约义丰，寓意深远。

【注释】

  ① 春霖：连绵不断的春雨。
  ② 花迟着：花迟开。
  ③ 星：形容非常少。

秋日晚望

南宋·杨万里

  村落丰登^①里，人家笑语声。
  溪霞晚红温，松日暮黄轻。
  只么^②秋殊浅，如何气许清？
  不应久闲散，便去羡功名。

【题解】

  这首诗描写了诗人傍晚所见的乡村秋日丰收的景象，委婉含蓄地表

明了诗人此时复杂的心情。在诗人的笔下，秋日里丰收之时，乡村中处处传来欢声笑语，一派欢乐祥和的气氛。村中的景物也染上了这种欢乐的气氛，"溪霞晚红温，松日暮黄轻"两句的景物描写显得生机勃勃。诗人希望这样的美好景象能够持久下去，不禁发出"只么秋殊浅，如何气许清"的感叹，至此诗人的情绪有了很大的变化。至尾联"不应久闲散，便去羡功名"，诗人的心情又有了新的变化，他认为他无须因为久出闲逸而去羡慕功名。可见诗人的仕与隐的矛盾之心非常复杂，他希望通过享受田园的欢乐气氛以坚定归隐的心愿是比较明显的。

【注 释】

① 丰登：丰收。
② 只么：怎么这样。

观 稼

南宋·杨万里

三年再旱独堪① 闻？一熟诸村稍作欣。
老子朝朝弄田水，眼看翠浪作黄云。

【题 解】

这首诗描写了诗人观稼的亲身体验，抒发了诗人在丰收之年的喜悦心情，表达了诗人对农事、农民的关心。诗的前两句以对比的手法写出了农村生活的艰难，农民们遭遇了三年两次的旱灾，生活艰难可想而知。如今终于迎来了丰收，农民的脸上终于露出了笑容。眼看丰收在望，农民们更加辛苦的劳动，精心管理农作物。诗人眼见此景也倍感欣慰。诗的最后一句"眼看翠浪作黄云"以"翠浪"和"黄云"两个借喻，生动形象地描绘了丰收即将到来的场景，将农民与诗人的喜悦之情完美地融合在景物描写之中，情景相生，具有极强的艺术表现力。

【注 释】

① 独堪：不忍心。

插秧歌

南宋·杨万里

田夫抛秧田妇接，小儿拔秧大儿插。
笠是兜鍪①蓑是甲，雨从头上湿到胛。
唤渠朝餐歇半霎，低头折腰只不答。
秧根未牢莳未匝，照管鹅儿与雏鸭。

【题 解】

这首诗描绘了一幅农民抢插秧苗的春耕农忙图，赞美了农民的勤劳，表现了诗人对农民的关心。插秧是一种时间性很强的农活，所以农民一般是全家总动员，田夫、田妇、大儿、小儿通力合作，即使是下雨也不能停工，由此可见农民的艰辛。杨万里主张"万象毕来"、"生擒活捉"的作诗法，这首诗就是从现实生活中选取的劳动场景，所以写得自然生动。

【注 释】

① 兜鍪：古代打仗用的头盔。

闲居初夏午睡起

南宋·杨万里

梅子留酸软齿牙，芭蕉分绿与窗纱。
日常睡起无情思①，闲看儿童捉柳花。

【题 解】

这首诗主要写了诗人的闲适生活。初夏时节，诗人尝了刚熟的梅子，牙齿都被酸倒了。窗外的芭蕉树已经绿起来了，将纱窗都染成了绿色。在这样的日子里，诗人舒舒服服地睡了个午觉，醒来之后发现无所事事，遂去看儿童捉飘舞的柳絮。全诗处处透露出诗人的闲适，看似无所事事，实则表现了诗人对这种闲适生活的满意。全诗语言凝练，具有味外之味。

【注 释】

① 无情思：不知道做什么好。

【名 句】

日常睡起无情思，闲看儿童捉柳花。

田家乐

南宋·杨万里

稻穗堆场谷满车，家家鸡犬更桑麻。
漫栽木槿成篱落^①，已得清阴又得花。

【题 解】

这首诗作于淳熙十六年（1189），诗人从筠州去杭州的途中。诗中主要描写了农村丰收之时的喜悦，表现了诗人对恬静的农村生活的向往。全诗紧扣丰收来表现农家之乐，在农民的家中，谷场堆满了稻穗，车上堆满了稻谷，院子里鸡犬相闻，桑麻茂盛。农民以木槿作篱笆，不仅有了篱笆还可以观赏到鲜花。在丰收的岁月里，农民的生活处处充满乐趣。全诗语言洗练、自然。

【注 释】

① 篱落：篱笆。

悯 农

南宋·杨万里

稻云不雨不多黄，荞麦空花早著霜。
已分忍饥度残岁，更堪岁里闰添长。

【题解】

　　这首诗主要描写了农民在灾荒之年的苦难生活，表现了诗人对农民的深切同情。干旱的气候让农民成片的稻田难以成熟，而过早的下霜让荞麦也无法成熟。面对这种农作物必定歉收的情景，农民们只好无奈地忍饥挨饿。而更让人揪心的是，今年是闰年，比平年多一个月，这就意味着农民们要多忍饥挨饿一个月。全诗的语言简洁自然，但具有极强的表现力。与表现田家之乐的田园诗相比，这首诗表现了农民之苦，具有更强的社会意义。

促 织

南宋·杨万里

一声能遣一人愁，终夕声声晓未休。
不解缲丝替人织，强来出口促衣裳。

圩丁词十解 十首选四

南宋·杨万里

其 一

圩①田元是一平湖，凭仗儿郎筑作圩。
万雉长城倩谁守，两堤杨柳当防夫。

其 六

年年圩长集圩丁，不要招呼自要行。
万杵一鸣千畚土，大呼高唱总齐声。

其 七

儿郎辛苦莫呼天，一岁修圩一岁眠。
六七月头无滴雨，试登高处望圩田。

其 九

河水还高港水低，千支万脉曲穿畦。
斗门一闭君休笑，要看水从人指挥。

【题 解】

解，是乐曲的段落。《圩丁词十解》共十首，每一首都是相对独立的，合起来又是一个联章的整体，是古代诗乐合一的表现。十首从不同的角度，以圩丁的语气，描写了不同的劳动场面，叙述了不同的心情，灵活多变，处处洋溢着生动热烈的气氛，是十首劳动的赞歌。这些诗的语言俚俗、流畅，具有强烈的节奏感。这里选择第一、第六、第七、第九共四首。

【注 释】

①圩（wéi）：筑堤围田。作者在序中说："江东水乡，堤河两岸，而田其中，谓之圩。农家云：'圩者，围也，内以围田，外以围水。'盖河高而田反在水下，沿堤通斗门，每门疏港以溉田，故有丰年，而无水患。"

满江红·山居即事

南宋·辛弃疾

几个轻鸥，来点破、一泓澄绿。更何处、一双溪鶒①，故来争浴。细读《离骚》还痛饮，饱看修竹何妨肉。有飞泉、日日供明珠，三千斛。

春雨满，秧新谷。闲日永，眠黄犊。看云连麦垄，雪堆蚕簇。若要足时今足矣，以为未足何时足。被野老、相扶入东园，枇杷熟。

【题 解】

词的上片写出了水乡特有的景色。在这远离闹市的水乡，有鸥鸟飞翔，溪鶒嬉戏。词人每日过着读书、赏竹、喝酒的悠闲日子。词的下片写出了作者对农事的关心和与村民的深厚感情。上片写景、下片写人与农事，处处透露出诗人对此时生活的满意。作为豪放派词人，辛弃疾的词以雄健著称，但这首词则显得意境清新明丽，格调生动明快，是他田园词较为重要的作品。

【注 释】

① 溪鶒（xī chì）：一种水鸟，俗称"紫鸳鸯"。

鹊桥仙·己酉山行所见

南宋·辛弃疾

松冈避暑，茅檐避雨，闲去闲来几度？醉扶怪石看飞泉，又却是、前回醒处。

东家娶妇，西家归女，灯火门前笑语。酿成千顷稻花香，夜夜费、一天风露。

【题 解】

这首词描写了农村优美的自然风光和农家和乐的生活气氛，具有浓郁的生活气息，而词人对此的喜爱也处处可见。词的上片重在写景，但景中有人。下片重在写农村喜庆的生活，景物又是表现喜庆的一个方面，景与人很好地融合在一起。这种结构也是辛弃疾田园词常用的结构。词中选取了乡村中最常见的景物和生活场面，如怪石、飞泉、稻花、邻里婚娶的场面，显示了农村雅洁的自然环境和纯朴的邻里关系，让人心生向往。词作语言清新自然，不假雕饰。

清平乐·村居

南宋·辛弃疾

茅檐低小，溪上青青草。醉里吴音相媚好①，白发谁家翁媪？
大儿锄豆溪东，中儿正织鸡笼。最喜小儿无赖②，溪头卧剥莲蓬。

【题 解】

　　这首词描写了江南美丽的景色和淳美的人情，写出了乡村宁静祥和的生活，表达了词人对这种生活的喜爱之情。暮春初夏时节，在小溪旁的一座茅屋前，一对老夫妇带着酒意，悠闲地聊着天。正当他们聊天的时候，家中的三个儿子却没有闲着。大儿正在田间劳动，中儿也在忙着织鸡笼，而不能干活的小儿则在剥着莲蓬吃。在辛弃疾的笔下，这户人家处处充满情趣。这首词采用了白描的手法，语言清新自然，风格质朴，耐人寻味。

【注 释】

　　① 相媚好：指亲切柔软的语调。
　　② 无赖：形容小孩子顽皮可爱。

清平乐·博山道中即事

南宋·辛弃疾

　　柳边飞鞚①，露湿征衣重。宿鹭窥沙孤影动，应有鱼虾入梦。
一川淡月疏星，浣纱人影娉婷②。笑背行人归去，门前稚子啼声。

【题 解】

　　这首词题为"博山道中即事"，描写的正是作者在山中行走时所见到的景物。词人夜间骑马飞驰在山间道路上，衣服因为山间湿气太重而变得沉重起来，但这对于一个曾经在战场上厮杀的英雄来说没有任何影响。奔走之间，词人隐约看见了沙滩上栖息的鹭鸟。继续往前走，词人又看见了一群漂亮的女子正在浣纱，月光下，她们显得那么的风姿绰约。而当她们听到村中有孩子啼哭时，一位浣纱女便娇羞地背着陌生人跑回村去。词句句是在写词人山间所见之景物，但又句句是写情，将词人的喜悦之情完全融于景物描写之中。作品的语言自然质朴，意境淡雅清新，是一首不可多得的好词。

【注 释】

① 鞚（kòng）：马笼头。
② 娉婷：形容女子轻盈美好的样子。

西江月·夜行黄沙道中

南宋·辛弃疾

明月别枝惊鹊，清风半夜鸣蝉。稻花香里说丰年，听取蛙声一片。

七八个星天外，两三点雨山前。旧时茅店社林边，路转溪桥忽见。

【题 解】

这首词作于词人罢官闲居江西上饶之时。词的上片描写夏秋之际月亮刚刚出来时的景色，鹊被月光惊醒了，知了、青蛙相和而鸣，迎面而来的是阵阵稻花香。词人怀着丰收的满心喜悦。下片写刚刚还是月明星稀的夜晚，陡然间下起了几点小雨，词人只好加快脚步，走过溪桥，而

展现在眼前的是让他意想不到的茅店。整首词所写之景都是乡村中极为常见之景，但是辛弃疾却写出了不一般的意境。

【名句】

稻花香里说丰年，听取蛙声一片。

沁园春·带湖新居将成

南宋·辛弃疾

三径初成①，鹤怨猿惊②，稼轩未来。甚云山自许，平生意气；衣冠人笑，抵死尘埃。意倦须还，身闲贵早，岂为莼羹鲈脍③哉。秋江上，看惊弦雁避④，骇浪船回。

东冈更葺茅斋。好都把轩窗临水开。要小舟行钓，先应种柳；疏篱护竹，莫碍观梅。秋菊堪餐，春兰可佩，留待先生手自栽。沉吟久，怕君恩未许，此意徘徊。

【题解】

与其他田园词不一样，这首词并没有直接描写田园风光，而是表达了作者希望退隐的心情，设想了他归隐田园后的种种生活。词人归隐的心情是非常复杂的，他心怀国事、壮志未酬，但朝廷已经没有他的立足之地。当他准备归隐时，又心有不甘。为了表现这种复杂的心态，辛弃疾用了多种表现手法，设问、反问、比喻、用典。其中用典是最值得注意之处，这首词的特征之一就是用典多而不晦涩，很好地表现了他的复杂心境，增大了词的容量。这也正是辛弃疾词的最大特色。

【注 释】

① 此句意出陶渊明《归去来兮辞》："三径就荒，松菊犹存。"

② 此句意出孔稚珪《北山移文》："蕙帐空兮夜鹤怨，山人去兮晓猿惊。"

③ 此句意出《世说新语·识鉴篇》："张季鹰辟齐王东曹掾，在洛，见秋风起，因思吴中莼菜羹，鲈鱼脍。曰：'人生贵得适意尔，何能羁宦数千里以要名爵。'遂命驾便归。"

④ 此句意出庾信诗句："麋兴鹿前，雁落惊弦。"

南柯子

南宋·王炎

山冥①云阴重，天寒雨意浓。数枝幽艳湿啼红。莫为惜花惆怅，
对东风。

蓑笠朝朝出，沟塍②处处通。人间辛苦是三农。要得一犁水足，
望年丰。

【题 解】

这首词描绘了农村春耕之时的繁忙景象，赞美了农民的勤劳善良，表达了词人对农民的理解与关怀。词作语言朴实自然，读来平白如话，但又不失淡雅清奇，意境深远，将农村之苦表现得非常到位，不失为一首优秀的田园词。

【注 释】

① 山冥：山色昏暗。

② 沟塍（chéng）：田间的沟垄。

乡村四月

南宋·翁卷

绿遍山原白满川，子规声里雨如烟。

乡村四月闲人少，才了蚕桑又插田。

【题 解】

　　这首诗从色彩、声响入手，描绘了农村四月的可人风景，勾勒出了春天农民忙于耕种的场景，具有浓厚的生活气息。作者翁卷是"永嘉四灵"之一，他的诗讲究锻炼字句，学习晚唐的贾岛、姚合等。但是这首田园诗则写得清新自然，虽可见诗人炼字之痕迹，但还是形象、生动地展示了乡间春日的特征。

【名 句】

　　乡村四月闲人少，才了蚕桑又插田。

新　凉

南宋·徐玑

水满田畴稻叶齐，日光穿树晓烟低。
黄莺也爱新凉好，飞过青山影里啼。

【题解】

　　诗人以白描的手法描绘出了初秋时节水乡清新、凉爽的氛围。稻苗整齐地长在稻田中，太阳从树林中穿透而出，田野上雾气缭绕，黄莺歌唱，处处充满生机。诗题为"新凉"，但诗中没有出现一个"凉"字，而是从各种景物中让人处处感觉到凉意。作为"永嘉四灵"之一，徐玑也讲究锻字炼句，这首诗的语言颇见其匠心。

织妇叹

南宋·戴复古

春蚕成丝复成绢，养得夏蚕重剥茧。
绢未脱轴拟输官，丝未落车图赎典①。
一春一夏为蚕忙，织妇布衣仍布裳。
有布得着犹自可，今年无麻愁杀我。

【题解】

　　这首诗以织妇的口吻、白描的手法写出了农民的苦难生活，批判了黑暗、腐朽的封建剥削制度，表现了诗人对农民深切的同情，具有很强的现实意义。全诗的语言朴素平淡，感情真挚强烈，以日常语言表现出深刻的寓意，在思想内容与艺术手法上均有可圈可点之处，是戴复古表现民生疾苦的代表之作。

【注 释】

① 赎典：指赎回典当掉的物品。

江村晚眺

南宋·戴复古

江头落日照平沙，潮退渔船阁岸斜。
白鸟一双临水立，见人惊起入芦花。

【题 解】

这首诗描写了江村傍晚幽静的景色，动静结合。落日的余晖照在江边柔软的沙滩上，渔船静静地斜靠在岸边，一对白鸟也悠闲地停在水边。江边的一切显得那么宁静。而就在这宁静的画面中，渔人出现了，白鸟立即飞起、消失在芦苇丛中。戴复古非常重视炼字炼句，全诗语言看似平淡无奇，却颇具匠心，尤其是其中动词的恰当使用，让景物描写生动、自然，如描写白鸟的"立"与"入"，准确地刻画出了白鸟由静到动的转变过程。

田家谣

南宋·陈造

麦上场，蚕出筐，此时只有田家忙。

半月天晴一夜雨，前日麦地皆青秧。

阴晴随意古难得，妇后夫先各努力。

倏凉骤暖茧易蛾，大妇络丝中妇织。

中妇辍闲事铅华^①，不比大妇能忧家。

饭熟何曾趁时^②吃，辛苦仅得蚕事毕。

小妇初嫁当少宽，令伴阿姑顽^③过日。

明年愿得如今年，剩贮二麦饶丝绵。

小妇莫辞担上肩，却放大妇当姑前。

【题 解】

　　诗人以轻松的笔调描写了南宋农村的风俗习惯，赞美了农民们勤劳、质朴的性格特征，同时也写出了农村妇女的命运。此诗从农忙时节着笔，初夏时节，天公作美，下了一场及时雨，农夫农妇们赶紧干活。接着描写了一家中三妯娌的分工合作及其各自的特征。大妇操持家务，是妯娌中的主心骨；中妇帮忙，常常忙里偷闲打扮自己；小妇由于刚入门，不用干农活，只需陪伴婆婆。农村妇女的命运就是如此，作新妇时可以享受优待，不用下地干活，但以后就要下地干活了，到最后会成为持家之人。诗的最后表达了农民们朴实的愿望，他们不惧辛苦，只希望丰衣足食就行了。这是一首乐府体歌谣，全诗语言明白如话，生动地描绘出了农村的人情风俗，具有浓郁的生活气息。

【注释】

① 铅华：指用来化妆的胭脂等物品。
② 趁时：及时。
③ 顽：诗人自注："俗谓'戏'曰顽。"

田家三咏 三首

南宋·叶绍翁

其 一

织篱为界编红槿，排石成桥接断塍①。
野老生池差省事，一间茅屋两池菱。

其 二

田因水坏秧重播，家为蚕忙户紧闭。
黄犊旧来沙草阔，绿桑采进朱梯闲。

其 三

抱儿更送田头饭，画鬓浓调灶额烟。
争信春风红袖女，绿杨庭院正秋千。

【题解】

叶绍翁的《田家三咏》如题目所言，共三首。第一首描写了恬静的田园风光，刻画了一个淡泊名利、与世无争的野老形象，表现了诗人不愿意为俗事所累的心愿。第二首，前两句写农忙的景象，插秧、养蚕，忙得不亦乐乎。后两句写农闲的悠闲，表现了农村生活的不同侧面。第三首通过对比的手法，描写了农家人辛勤劳作的生活画面。农家妇女一方面操持家务、照看孩子，另一方面还要给同样劳作的丈夫送饭。作为一个女人，她只能在劳作的间隙以灶头的烟土来描眉。而与之相反的是，富贵人家"红袖"之女终日在绿杨院落中悠闲地荡着秋千。通过两种妇女形象的对比，诗人赞美了农家妇女的勤劳善良，同时也讽刺了富家女终日百无聊赖的生活。全诗语言凝练、含蓄，融形象塑造与议论为一体，既有宋人好以议论入诗的习惯，又没有陷入枯燥的说理中。

【注 释】

① 滕（téng）：指水腾涌。

野 步

南宋·周密

麦垄风来翠浪斜，草根肥水噪新蛙。
羡他无事双蝴蝶，烂醉东风野草花。

【题 解】

这首诗主要描写了春日乡间田野富有生命力的景象，表现了诗人对春天美景的喜爱和对田园生活的热爱。翠绿的麦田在春风中如微波荡漾，青蛙在丰美的水草中自由歌唱，蝴蝶也无所事事地流连在盛开的鲜花中。全诗情景交融，色彩鲜明，在景物描写中表现了诗人闲适的生活状态，所谓"无事双蝴蝶"正是悠闲诗人的化身。

双调·沉醉东风·渔夫

元·白朴

黄芦岸白蘋渡口,绿杨堤红蓼滩头。虽无刎颈交^①,却有忘机友^②,点秋江白鹭沙鸥。傲杀人间万户侯^③,不识字烟波钓叟。

【题解】

这首曲子刻画了一个半隐半俗、超然世外的渔夫形象。他以捕鱼为生,穿梭在黄芦岸边、白蘋渡口、绿杨堤上、红蓼滩头,生活自由自在。他虽然没有以生命相许的挚友,却有没有心机的朋友,人际关系简单和谐。这种简单自由的生活胜却世间的高官厚禄。通过渔夫形象的塑造,诗人表达了归隐的愿望。元曲中有不少以"渔夫"、"樵夫"为题的作品,大多表达了作者的归隐之志。白朴的这首是代表作之一。这种归隐之志是时代的反应,元代不少文人生于亡国之际,长于战乱之间,无尽的死亡让他们看透了生命的无常,逐渐产生了消极遁世、放情山水的生活态度。曲子的语言凝练,富有文采。

【注释】

① 刎颈交:生死之交。司马迁《史记·廉颇蔺相如列传》:"卒相与欢,为刎颈之交。"

② 忘机友:没有狡诈之心、可以相互信赖的朋友。

③ 万户侯:汉代分封诸侯,最大者可食邑万户。后以"万户侯"代指高官。

双调·沉醉东风

元·胡祗遹

渔得鱼心满意足，樵得樵眼笑眉舒。一个罢了钓竿，一个收了斤斧，林泉下相遇。是两个不识字渔樵士大夫，他两个笑加加①的谈今论古。

【题解】

这首曲子刻画了两个自由自在的隐者形象，表现了作者对隐逸生活的向往。一个渔夫，一个樵夫，他们的生活简单、容易满足，渔夫只要捕到了鱼，樵夫只要砍到了柴，他们便可以放情山水，不受任何约束。元曲中很多描写隐逸生活的作品，胡祗遹这首是其中的代表作。这首曲子的风格特点是通脱自然。

【注释】

① 笑加加：笑哈哈。

南吕·四块玉·闲适 四首选二

元·关汉卿

其　二

旧酒投，新醅泼，老瓦盆①边笑呵呵。共山僧野叟闲吟和。他

出一个鸡，我出一个鹅，闲快活。

<h2 style="text-align:center">其　四</h2>

南亩耕，东山卧，世态人情经历多。闲将往事思量过。贤的是他，愚的是我，争甚么！

【题解】

关汉卿的《南吕·四块玉·闲适》共四首，都以隐居乐道为主。这里选择其中的两首。第一首描写了作者悠闲、惬意的隐居生活。第二首描写了作者在经历了世态人情后最终归隐田园的生活。两首的共同主旨是隐居山林之乐。

【注释】

① 老瓦盆：指粗糙、简陋的盛酒器。

<h1 style="text-align:center">耕　桑</h1>

元·戴表元

耕桑①本是闲居事，学得耕桑事转多。
失晒麦丛忧出蝶，迟缫蚕茧怕生蛾。
调停寒暖春移苎②，侦候阴晴夏插禾。
衣饭为谁忙不彻，醉来乘兴作劳歌。

【题解】

　　这首诗主要描写了农事的艰辛。农事具有很强的季节性，容不得半点懈怠，诗人一会儿担心麦子来不及晒而飞出虫蝶，一会儿担心蚕茧来不及处理而变成飞蛾，等等。总之，农事使得人们一年四季都不得停息。诗人选取一年四季中的代表农事，以此突出了农事的繁忙与艰辛。描写农事的艰辛是戴表元田园诗的重要特色。

【注释】

　　① 耕桑：泛指从事农事。杨恽《报孙会宗书》："身率妻子，戮力耕桑。"
　　② 苎（zhù）：苎麻，多年生草本植物，纺织材料。

食　淡

元·戴表元

世乱谋生拙，村深食淡能。
沙蔬羹白煮，山稻饭红蒸。
暑豉^①方传友，寒糟^②共学僧。
庖厨尚如此，未叹室生冰。

【题解】

　　这首诗主要描写了农家生活的艰难。吃饭是生活最低层次的要求，可深村农民只要是能吃的都吃了，而且采取的是最简单的烹饪方式——"沙蔬羹白煮，山稻饭红蒸"。最后诗人感叹连吃食都如此，更别说其他的日常生活了。而这一切的根源都在于"世乱"。诗人就是从吃饭的角度入手反映了战乱给农村生活带来的苦难，表现了诗人对受难百姓的同情和对战争的厌恶。

【注 释】

① 豉（chǐ）：豆豉，用豆类发酵制成的副食品。
② 糟：带滓的酒，也指滤去酒剩下的渣滓。这里指后者。

苕 溪

元·戴表元

六月苕溪①路，人看似若耶②。
渔罾③挂棕树，酒舫出荷花。
碧水千塍④共，青山一道斜。
人间无限事，不厌是桑麻。

【题 解】

这首诗描绘了苕溪一带六月时节优美、秀丽的自然风光。诗人选取江南最常见的水乡景物，组合成一幅清新的江南水乡图。末句的"人间无限事，不厌是桑麻"，表明了诗人对田园生活的热爱。全诗的语言简洁明白，景物描写自然生动。

【注释】

① 苕溪：苕溪在浙江省北部，属太湖水系，源出天目山。
② 若耶：水名，在若耶山下。相传西施曾浣纱于此，又称浣纱溪。
③ 渔罾：渔网。
④ 塍（chéng）：田埂。

【名句】

人间无限事，不厌是桑麻。

采藤行

元·戴表元

君不见，四明山下寒无粮，九月种麦五月尝。
一春辛苦无别业，日日采藤行远冈。
山深无虎行不畏，老少分山若相避。
忽然遇藤随意斫，手触藤花落如猬。
藤多力困一謦呻，对面闻声不见人。
日昃将来各休息，妻儿懒拂灶中尘。
须叟叩门来海贾，大藤换粮论斛数。
小藤输市亦值钱，籴得官粳甜胜乳。
明朝满意作晨炊，饱饭入山湏^①晚归。
南村种麦空早熟，逐日扃^②门忍饥哭。

【题 解】

    这是一首七言歌行,诗人以写实的手法写出了四明山人采藤的艰辛。这首诗以诗人家乡四明山下农民的艰苦生活为描写对象,表现了诗人对农民的深切同情。四明山下的农民由于天寒没法种植粮食,只好全家出动前往深山险境中采藤以换取粮食。他们的生活艰辛由此可见。然而,还有比他们更为悲惨的"南村"人,即使是麦子早熟也只能挨饿忍饥。末句"南村种麦空早熟,逐日扃门忍饥哭",将"南村"人与采藤人对比,由此见出农村的贫困、农民的艰辛是普遍的。

【注 释】

    ①湏(xū):同"须"。
    ②扃(jiōng):自外关闭门户用的门栓。引申为门户。

双调·寿阳曲·渔村夕照

元·马致远

    鸣榔罢,闪暮光,绿杨堤数声渔唱。挂柴门几家闲晒网,都撮在捕鱼图上。

【题 解】

    《寿阳曲》总题为"潇湘八景",共八首,是马致远描写潇湘景色的组曲。这首小令描写了渔村傍晚的景色。傍晚时分,渔民结束了一天的劳动,收拾工具一路歌唱着往家走,回到村中,将渔网晾晒在柴门上。

从渔人收工到渔人回到家中，作者描写了一幅美丽的"渔村夕照"图。作品语言明白流畅，生动、形象地表现了渔人的生活。

双调·寿阳曲·远浦归帆

元·马致远

夕阳下，酒旆闲，两三航^①未曾着岸。落花水香茅舍晚，断桥头卖鱼人散。

【题解】

本首同为"潇湘八景"，描绘了渔村傍晚时的景象。夕阳西下之时，酒馆门外的酒旗飘动，江面上船只一一靠岸，岸上落花飘洒，鱼市上的人也陆续归家。作者以凝练自然的语言刻画了一个闲适、淳朴的渔村生活图景，表现了诗人对宁静生活的向往。

【注释】

① 航：渡船。

双调·寿阳曲·江天暮雪

元·马致远

天将暮，雪乱舞，半梅花半飘柳絮。江上晚来堪画处，钓鱼人

一蓑归去。

【题 解】

　　本首同为"潇湘八景"，描写了江边傍晚的雪景。天将黑时，大雪纷飞，如同盛开的梅花，又像飞舞的柳絮。在这雪花飞舞的傍晚，最引人注意的是钓鱼人披着蓑衣回家。诗人在景物描写中刻画了一个超然世外的钓鱼人形象。作品语出自然而意味隽永，最后钓鱼人的形象耐人寻味。

双调·雁儿落兼得胜令·退隐

元·张养浩

　　云来山更佳，云去山如画。山因云晦明，云共山高下。倚仗立云沙，回首见山家。野鹿眠山草，山猿戏野花。云霞，我爱山无价，看时行踏，云山也爱咱。

【题 解】

　　张养浩是元末重要的散曲作家，存散曲一百六十余首，多写田园隐逸生活。这首就是其中的代表作。作品描写了云山秀美的景色，表现了作者对于闲适生活的喜爱。曲子的语言不避重字，"云"与"山"句句出现，由此写出了作者的所见与所想，表现了他对山、对云的无比热爱。其中又有工整的对仗，但毫无雕凿之感，倒表现出明丽、高远的格调。

正宫·鹦鹉曲

元·白贲

侬家^①鹦鹉洲^②边住，是个不识字渔父。浪花舟中一叶扁舟，睡煞江南烟雨。【幺】^③觉来时^④满眼青山，抖擞绿蓑归去。算从前错怨天公，甚^⑤也有安排我处。

【题 解】

曲子以直白、生动的语言刻画了一个放情山水、自由自在的渔父形象，表现了作者对这种自由、闲适生活的喜爱。白贲这首曲子在当时非常有名，唱和者极多，著名的元曲选本如《阳春白雪》、《太平乐府》、《雍熙乐府》等都将其选入。

【注 释】

①侬家：自称，"我"。
②鹦鹉洲：地名，在湖北武汉市汉阳区西南长江中。
③幺：北曲一般只有一段，如果后段是前段的重复，后段就称为"幺篇"，简称"幺"。
④觉来时：醒来时。
⑤甚：真的。

双调·水仙子·田家

元·贯云石

绿荫茅屋两三间，院后溪流门外山，山桃野杏开无限。怕春光虚过眼，得浮生半日清闲。邀邻翁为伴，使家僮过盏①，直吃的老瓦盆干。

满林红叶乱翩翩，醉尽秋霜锦树残，苍苔静拂题诗看。酒微温石鼎寒，瓦杯深洗尽愁烦，衣宽解，事不关，直吃的老瓦盆干。

【题解】

第一首曲子描写了江南水乡绚丽而清雅的田家春景，刻画了两个超凡脱俗的田家老翁形象。第二首主要描写了作者秋日里的田家生活。两首均歌咏了归隐田园的无尽乐趣。曲子的语言雅俗结合，具有清新俊逸的风格。

【注释】

① 过盏：传递酒杯。

中吕·满庭芳·渔父词 二十首选一

元·乔吉

吴头楚尾①，江山入梦，海鸟忘机。先来得觉胡伦②睡，枕着蓑衣。钓台下风云庆会，纶竿③上日月交蚀。知滋味，桃花浪里，春水鳜鱼肥。

【题 解】

　　乔吉的《中吕·满庭芳·渔父词》共有二十首，这里选其中的一首。这首曲子描绘渔父忘情山水、无拘无束的生活，表现了作者对隐逸生活的热爱。曲子的语言质朴通俗。

【注 释】

　　① 吴头楚尾：指今江西省的北部。春秋时，这里是吴国和楚国的交界之处。
　　② 胡伦：同"囫囵"。
　　③ 纶竿：钓竿。

双调·折桂令·农

元·刘时中

　　想田家作苦区区①，有斗酒豚蹄，畅饮歌呼。瓦钵瓷瓯，村箫社鼓，落得装愚。吾将种牵衣自舞，妇秦人击缶相娱。儿女供厨，仆妾扶舆，无是无非，不乐何如？

双调·折桂令·渔

元·刘时中

　　鳜鱼肥流水桃花，山雨溪风，漠漠平沙。箬笠蓑衣，笔床茶灶，

小作生涯。樵青采芳洲蓼牙,渔童薪别浦兼葭。小小渔舟差,泛宅浮家,一舸鸱夷,万顷烟霞。

双调·折桂令·樵

元·刘时中

正山寒黄独无苗,听斤斧丁丁,空谷潇潇。有涧底荆薪,淮南丛桂,吾意堪樵。赤脚婢香粳旋捣,长须奴野菜时挑。云暗山腰,水泛②溪桥,日暮归来,酒满山瓢。

双调·折桂令·牧

元·刘时中

被野猿山鸟相留,药解延年,草解忘忧。土木形骸,烟霞活计,麋鹿交游。闷来访箕山许由③,闲时寻崧④顶丹丘。莫莫休休,荡荡悠悠,挈子携妻,老隐南州。

【题 解】

刘时中的这四首曲子分别歌咏农、渔、樵、牧四种人的生活,表现了作者对恬静安宁的隐逸生活的向往。在他的笔下,这些人的生活无不是宁静安详、与世无争的。这也是元曲中最常见的内容。刘时中所描绘的生活与现实生活有一定的差距,这些描写了只是代表当时人的一种美好愿望而已。

【注释】

①区区：形容非常少。
②洿（hú）：形容水流过满。
③许由：商代著名的隐士，曾隐居在箕山。
④崧：即嵩山。

畦桑词

明·刘基

编竹为篱更栽刺，高门大写畦桑字。
县官要备六事①忙，村村巷巷催畦桑。
畦桑有增不可减，准备上司来计点。
新官下马旧官行，牌上却改新官名。
君不见，古人树桑在墙下，五十衣帛②无冻者。
今日路傍桑满畦，茅屋苦寒中夜啼！

【题解】

所谓"畦桑"，即将地各自分区，在各区种上桑树。元代延祐三年（1316），畦桑制度得到推广。诗中主要记叙了元代以来农村中畦桑制度的发展。到诗人创作这首诗时，桑树虽然满畦，但农民的生活却没有丝毫改善，反而变得更加辛苦。此诗采用的是乐府体，叙事简洁，语言朴素，以写实的手法对统治阶级的剥削制度提出了尖锐

的讽刺。

【注释】

① 六事：指国家的财源。

② 五十衣帛：《孟子·梁惠王》记载："五亩之宅，树之以桑，五十者可以衣帛矣。"这里指年长者可以过上衣食无忧的生活。

蚕 妇

明·张羽

行行^①及暮春，浴子^②曰比邻。

选地安蚕室，烧钱^③祷社神。

守筐临镜懒，摘叶度溪频。

辛苦输官罢，私衣仅蔽身。

【题解】

这首诗刻画了一个辛勤劳作、却过着衣仅蔽体的贫苦生活的蚕妇形象，通过这一形象透露出了农村生活的艰难，表现出诗人对农民深切的同情。蚕妇采桑养蚕，辛苦劳动，为了多采桑，无暇照镜子。然而，她所有劳动成果全部归于官府，自己却没有一件像样的衣服。诗人没有对这一现象作任何评价，完全以写实的手法叙述，但字里行间充满了对统治者的批判和对蚕妇的同情。

【注释】

① 行行：指时光流逝。
② 浴子：选蚕种。
③ 烧钱：烧纸钱，用以求神。

平原田家行

明·孙贲

零星矮屋茅数把，散住榆林柳林下。
磊墙①遮雪防骤风，妇女颓垣拾砖瓦。
黄牛买得新垦田，土戟②犁浅牛欲眠。
古河无水挂龙骨，自营蒲绳探苦泉。
山蚕食叶黄茧老，野火烧桑桑树倒。
四畔灵鸡喔喔啼，九月霜风落红枣。
春丝夏绢输税前，木绵纺布寒暑穿。
夜舂黄米为新酒，学唱清商③作管弦。
平田旱多黍少熟，杏尽梨苦惟食粟。
衣粗食恶莫用悲，犹胜北军乱离时。

【题解】

　　这首诗作于诗人为平原主簿之时，这时战乱虽然已经平息，但农村依然破败不堪，农民的生活没有丝毫改善。这首诗描绘了农村破败不堪的景色和农民苦难的生活，表现了诗人对农民的深切同情。农民终日辛苦劳作，过着恶衣粗食的日子。但是，诗人对于这样的生活仍然感到欣

慰，"衣粗食恶莫用悲，犹胜北军乱离时"，因为这样的日子至少不用经受战乱之危。诗人经历了元末明初的社会大动乱，深受乱离之苦。这是一首歌行体诗歌，叙事分明，语言浅近。

【注 释】

① 磊墙：用石头垒成墙。
② 戟：指剑戟。这里用作形容词，形容土地像剑戟一样尖锐，难以耕作。
③ 清商：指乐府歌辞中的"清商曲辞"。

田家行

明·高启

草茫茫，水汩汩^①。上田芜，下田没。
中田有禾穗不长，狼藉只供凫雁粮。
雨中摘归半生湿，新妇舂炊儿夜泣。

【题 解】

这首诗描写了农村水灾之后农民的苦难生活。水灾之后，田地荒芜，稻穗无法生长，残留之物仅能给野鸟食用。农民冒雨寻找食物，结果一无所获，白白淋雨。妇女无米可炊，孩子饿得日夜啼哭。全诗以白描的手法、质朴的语言将农民的苦难生活描述出来，真切动人。高启有多首反映民生疾苦的诗，这首是其中的代表之作。

① 汩汩：水流很急的样子。

牧牛词

明·高启

尔牛角弯环，我牛尾秃速^①。

共拈^②短笛与长鞭，南陇东冈去相逐。

日斜草远牛行迟，牛劳牛饥唯我知。

牛上唱歌牛下坐，夜归还向牛边卧。

长年牧牛百不忧，但恐输租卖我牛。

【题解】

这首诗首先以对话的形式刻画了活泼可爱的牧童形象。两个牧童结伴放牛，他们骑在牛背上一手握竹笛，一手拿牛鞭，领着牛在山间找草。他们终日与牛相依为伴，白日放牛，夜间就睡在牛的身边。由此可见，牛对他们的重要性。至诗的结尾"长年牧牛百不忧，但恐输租卖我牛"，牧童的愿望是能够常年牧牛，不要因为官府的赋税而把牛给卖了。牧童的愿望也是所有农民的愿望，牛对于农民的耕作太重要了，不到迫不得已他们是不会将牛卖掉。这句暗含的意思是，即使牛对农家无比重要，但为了缴纳官府的赋税，农民只能将牛卖掉。最后两句语约义丰，以漫不经心的笔调对统治者进行了尖锐的讽刺。

① 秃遫：凋疏的样子。
② 拈（niān）：以指取物。

养蚕词

明·高启

东家西家罢来往，晴日深窗风雨响①。
二眠蚕起食叶多，陌头②桑树空枝柯。
新妇守箔③女守筐，头发不梳一月忙。
三姑④祭后近年好，满簇如云茧成早。
檐前缲车急作丝，又是夏税相催时。

【题 解】

　　这首诗首先描写了吴地的养蚕风俗，赞美了蚕农们的勤劳。养蚕之时，吴地蚕农们不再往来，家家户户只能听到蚕吃桑叶的声音。蚕二次蜕皮之后，食叶量大增，田间桑树的叶子都被采光了。蚕妇们一齐出动，忙得忘记了梳妆打扮。蚕农们虔诚地祭祀蚕神，希望有一个好的收成。最后两句"檐前缲车急作丝，又是夏税相催时"，道出了本诗的主旨：蚕农们辛勤养蚕缫丝，祈求好收成，仅仅是为了能够交上官府的税收。由此可见官府的剥削。高启反映民生疾苦的诗多采用这样的结构，它继承了唐代白居易《新乐府》"卒章显其志"的表述方式。

【注释】

①风雨响：形容蚕吃桑叶的声音。

②陌头：田间小路。

③箔：养蚕的器具，多用竹子制成，形同席子。

④三姑：传说中主管养蚕的三位女神。

山 行

明·王璲

萝茑①阴中是几家，青山数转到门斜。

桃源只在鸡声里，不用缘溪认落花。②

【题解】

　　山行即在山中行走之意。王璲的这首《山行》描写了山村中幽美的自然环境和山民们古朴的生活方式，表现了诗人对纯朴生活方式的向往。诗的前两句写景生动，写出了山间房屋依山而建、掩映于树下的特征，后两句用典自然贴切。

【注释】

①萝茑（niǎo）：一种灌木，它的茎攀援在其他树木上。

②桃源只在鸡声里，不用缘溪认落花：这两句是用陶渊明的《桃花源记》之典，意思是这里就是桃花源，不用费尽心思去他处寻找。

荒 村

明·于谦

村落甚荒凉，年年苦旱蝗。
老翁佣^①纳债，稚子卖输粮。
壁破风生屋，梁颓月堕床。
那知牧民者^②，不肯报灾荒。

【题解】

　　这首诗描写了蝗灾过后农村荒凉破败的景象及其农民们苦难的生活，批判了地方官不将灾情上报的自私自利行为，表现了作者对农民的同情和对地方官府的不满。连年的蝗虫灾害使得村民们颗粒无收，他们没有钱、没有衣服、没有粮食，老人也只好受雇于他人以还债，儿童也得为缴纳官府赋税而劳动。而地方官员完全不体恤民情，赋税照样收取，也不肯将灾情上报朝廷，其自私行为令人发指。全诗采用了写实的手法，语言简洁有力。

【注释】

　　① 佣：受雇为人劳动。
　　② 牧民者：指地方官员。

暮春山行

明·祝允明

小艇出横塘^①，西山晓气苍。
水车辛苦妇，山轿冶游郎。
麦响家家碓^②，茶提处处筐。
吴中好风景，最好是农桑。

【题 解】

这首诗写诗人暮春时节在山间行走时所见到的景象，赞美了山民们的勤劳质朴，表现了诗人对农事的关怀。此诗以平实的语言将自己山中所见——写来，踩水车的妇女，坐轿游玩的富家公子，农民家中捣麦的声音，摘茶用的竹筐，这些构成了一幅吴地山水风俗画。最后两句"吴中好风景，最好是农桑"，对前面所写的景物进行了高度概括，表现了诗人对农事的重视。

【注 释】

①横塘：在江苏吴县西南部，因分流东出而得名。
②碓（duì）：捣米的器具。

寨儿令·夏日即事

明·王九思

豆角儿香，麦穗儿长，响嘶啷茧车儿风外扬。青杏儿才黄，小

鸭儿成双，雏燕语雕梁。红石榴花满西窗，黄蜀葵叶扫东墙。泥金团扇影，香玉紫纱囊。将，佳节遇端阳。

【题解】

　　这首曲子描写了生机盎然的田园景物，充满浓郁的生活气息，表现了诗人对恬静的农村生活的热爱。作品中所出现的景物都是农村最常见的东西，豆角、麦穗、小鸭、雏燕、石榴花，等等，但是就是这些平凡景物让作者欣喜不已，感觉到生活是如此美好。曲子的语言清新活泼，其中衬字"儿"的使用非常自然，将诗人的喜爱之情表达得淋漓尽致。

沉醉东风·蛙鼓

明·王磐

　　梅雨后千声乱发，草塘中两部频挝^①。撼池边鸥鹭惊，震水底鱼龙怕。

　　报半年底是催花，一派村田乐可夸。春社里农夫醉杀。

【题解】

　　这首曲子描绘了梅雨时节充满生机的农村景象，表现了作者对农村自然、淳朴生活的喜爱。"蛙鼓"形容蛙的鸣叫声如鼓声震天。梅雨过后，草塘中青蛙齐鸣，它们的声音惊飞了池边的鸥鹭，吓跑了水中的鱼龙。蛙声齐鸣暗示了风调雨顺，农民们必将有一个好的收成。农夫想到此，趁着祭祀农神的时候一醉方休。诗人以比喻、夸张的手法描绘了蛙鸣的盛况，充满农村生活特有的情趣。

① 挝（zhuā）：打，击。

普天乐·秋雨

明·杨廷和

五更风，终朝雨①，禾头生耳，屋角生芝。东乡米似珠，西市薪如桂。滴得愁人心如醉，怨天公不禁龙师。荒村下里，孤儿寡妇，更是愁时。

【题 解】

这首曲子描写了秋雨成灾的时候，农村中孤儿寡母的悲惨生活，表现了诗人忧国忧民的心情。秋日本应该是秋高气爽的收获季节，可现如今却是终日淫雨霏霏。成熟的稻谷因为没有及时收割而发了芽，屋角因为过于潮湿已经长出了苔藓。市场上的米价贵如珠宝。这样的天气本就让人心生无限哀愁。而此时荒村中贫苦百姓更是苦不堪言。整个作品突出一个"愁"字。

【注 释】

① 五更风，终朝雨：这句是从《老子》中化出，《老子》有言："飘风不终朝，骤雨不终日"。这里是反其意而用之。

村　晚

明·钱百川

野店唤沽酒，江船争买茶。
东风吹浩浩^①，西日下斜斜。
缓步随流水，狂歌踏落花。
欣然忘所去，一笑过^②邻家。

【题解】

这首诗描写了江村傍晚的优美景色以及村人悠闲的生活场景，刻画了一个潇洒绝尘、风流自赏的诗人形象，表现了诗人与村民间深厚的情谊。简陋的酒店中有人买酒，江边的船上有人买茶，处处充满生活的气息。东风起，太阳落，此时诗人沿江行走，在歌唱中忘记了自己的目的地，于是随意拜访了一户邻家。全诗的语言质朴而不失清丽。

【注释】

①浩浩：大的样子。
②过：拜访。

玉江引·农家苦

明·冯惟敏

倒了房宅，堪怜生计蹙。冲了田园，难将双手抓。陆地水平铺，秋禾风乱舞。水旱相仍，农家何日足？墙壁通连，穷年何处补？往常时不似今番苦，万事由天做。又无糊口粮，那有遮身布，几桩儿不由人不叫苦！

【题 解】

　　这首散曲作于冯惟敏辞官归隐家乡之时，作品描绘了农民们的苦难生活，表现了作者对农民的深切同情。在水灾旱灾的连续破坏下，农民过着饥寒交迫、衣不蔽体的生活。作品生动地描绘了一幅灾荒之年的农民流亡图。作品长短句交替使用，连续发问，将内心的关切抒发得淋漓尽致。语言质朴无华，但刚劲有力，具有元曲豪放派作家的风格。

玉芙蓉·喜雨

明·冯惟敏

　　初添野水涯，细滴茅檐下，喜芃芃①遍地桑麻。消灾不数千金价，救苦重生八口家。都开罢，荞花、豆花，眼见的葫芦棚结了个赤金瓜。

【题 解】

　　这首散曲描绘雨后初晴农村中一派生机勃勃的景象，表达了作者对农事的关心。题为"喜雨"，作品中处处体现"喜"。雨过之后，屋外的水洼在阳光的照耀下闪闪发光，茅檐下水珠还在淅淅沥沥地往下滴，这景象让人神清气爽。而放眼望去，田地里桑麻满地，其他农作物如豆子、荞麦、葫芦也正在蓬勃生长，一派丰收的景象。作者之"喜"，既是为美景而喜，更是为好收成而喜，从景物描写中就可以见出作者对农

民的关心。作品的语言俚俗自然，读来亲切动人。

赠山叟

明·陈继儒

有个小扉松下开，堂前蔬药绕畦栽。
老翁抱孙不抱瓮^①，刚欲灌花山雨来。

【题 解】

　　这首诗刻画了一个与世无争、自由自在的山间老翁形象，表现了诗人的田园之趣和对纯朴生活的向往。此诗将老翁的生活一一写来，他的家建在一棵松树下面，只有一扇简陋的小柴门，屋前屋后种满蔬菜和药材。老翁正想去外面浇花的时候，突然下起了雨，于是他便回家抱孙子玩，享受天伦之乐。诗人对老翁这样的生活心生羡慕，希望自己也能过上这种惬意的生活。陈继儒曾经归隐山林，过了一阵隐居田园的生活，这首诗有一定的生活体验，写得风雅可赏。

【注 释】

　　① 抱瓮：《庄子·天地》记载："子贡南游于楚，反于晋，过汉阴，

见一丈人方将为圃畦，凿隧而入井，抱瓮而出灌，搰搰然，有力甚多而见功寡。"后来以"抱瓮"比喻淳朴的生活。

入 村

明·袁中道

出郭方知雾，登舟始辨风。
水生虾眼赤^①，霞过雁翎红。
浣渚喧游女，芦洲息钓翁。
人家苍翠里，鲜艳一枝枫。

【题 解】

这首诗描写了水乡村庄中优美、宁静的风景和悠闲的生活方式。全诗语言清丽可人，"浣渚喧游女，芦洲息钓翁"两句化自王维的《山居秋暝》"竹喧归浣女，莲动下渔舟"，整首诗表现出静谧的气氛。最后两句"人家苍翠里，鲜艳一枝枫"观察细致入微，读至最后再让人眼前一亮，具有王维诗"诗中有画"的特征。

【注 释】

① 作者自注此句："渔人云：'虾眼赤则水涨'"。

村翁行

明·何白

老翁耕种居西村，白头不到城东门。

翁言淳朴日非昔，我觉胜儿儿胜孙。

大孙自托能当户^①，负租^②往往凌田主。

日斜归自县门来，桑下乘凉说官府。

【题 解】

　　这是一首乐府歌行，以老翁的口吻叙述农村世情的变化。老翁终生都在西村辛勤劳作，到老都没有出过村。可是他的后代们却没有他昔日那么老实，现在他的晚辈们常常拖欠田租，越来越不惧怕地主。傍晚时候从衙门回来，就坐在桑树下议论官府。这些行为，对一辈子不出村的老翁来说是不可以想象的。诗人以隐晦的笔法，以农民们的变化揭示了当时统治阶级对农民之严重压迫，农民们日益不满，随时有爆发起义的可能。全诗的语言质朴平实，反映了潜在的重大社会问题，很有杜甫现实主义的遗韵。

【注 释】

　　① 当户：当家，成为一家之主主持家事。
　　② 负租：拖欠田租。

田 家

明·黄淳耀

田泥深处马蹄奔，县帖^①如雷过废村。
见说抽丁多不惧，年荒已自鬻^②儿孙。

【题 解】

  这首诗描写了田家人在官府征兵时的异常反应，表现了诗人关心民生疾苦的情怀。官府征兵的文书到达破旧的农村时，农民们竟然毫不畏惧，而是愿意应征。这是一种非常不正常的情况。自古以来，人们都惧怕战争，不愿入伍，因为入伍意味着死亡。如白居易笔下有为了逃避入伍而自断手臂的可怜形象。而此处废村中的农民却愿意入伍。其原因在于他们的生活已经贫困到了极点，连儿孙都已经卖掉了，他们不入伍，留在村庄中也是饿死。因此，不如入伍，可能还有点饭吃。全诗的语言质朴无华，风格冷峻，读来让人觉得沉痛无比。

【注 释】

  ①县帖：县衙发布的文书。
  ②鬻（yù）：卖。

步步娇·泖上新居

明·施绍莘

水际幽居疑浮岛，结构多精巧。垂杨隐画桥，转过弯儿，竹屋风花扫。门僻是谁敲？卖鱼人带雨提到。

【题解】

施绍莘常常以散曲描写田园风光，他的田园散曲如同范成大、杨万里的田园诗，取得了极大的成就。风格豪放而兼清丽。《泖上新居》散套是其田园曲的代表之作，这里选择其中的一首。泖上是作者的隐居之地。作品描写了他所居之地幽美的风光，叙述了他隐逸期间悠然自得的生活。作品的语言俚俗直白，给人清新、自然的阅读感受。

江村 二首选一

清·黄宗羲

其　一

江水绕孤村，芳菲在何处？
春从啼鸟来，啼是春归去。

【题解】

这首诗描写江边小村庄春天到来的景色。黄宗羲抓住鸟的啼叫来表现春天的到来和春天的离去，语言简洁自然，如同口语，却是天籁。

【名句】

春从啼鸟来，啼是春归去。

田园杂诗 十七首选七

清·钱澄之

素昔慕躬耕，所乐山泽居。
忧患驱我远，常恐此志虚。
十年一言归，旧宅以焚如。
嗟我昆与弟，茅茨倚废墟。
徘徊靡所栖，还结田中庐。
结庐虽不广，床席容有余。
床上何所有，一二古人书。
荧荧陂上麦，青青畦间蔬。
日入开我卷，日出把我锄^①。

仲春遘^②时雨，既雨旋亦晴。
百草吐生意，众鸟喧新声。
纷纷群动出，各各有其营。
孰是形骸具，而怀安居情。
秉耒赴田皋，叱牛出柴荆。
耒耜非素习，用力多不精。
老农悯我拙，解轭为我耕。

教以驾驭法，使我牛肯行。
置酒谢老农，愿言俟秋成。

今晨放大牛，水田调生犊。
稚子原上呼，有客访茅屋。
田乌噪正喧，招手去何速。
念此为谁欤，有马又有仆。
舍耕还入门，乃是平生熟。
田潦湿我衣，泥涂霑我足。
且为解裋褐③，易我揖让服。
故人持不听，讶我未免俗。
呼儿出草堂，敕厨炊脱粟。
我去送牛来，今夜留客宿。

邻舍有老叟，念我终岁劳。
日中挈壶榼，饷我于南皋。
释耒就草坐，斟出尽浊醪。
老叟自喜饮，三杯兴亦豪。
纵谈三国事，大骂孙与曹。
吕蒙犹切齿，恨不挥以刀。
惜哉诸葛亮，六出计犹高。
身殒功不就，言之气郁陶。
嗟此易代愤，叟勿太牢骚。

屋上春鸠鸣，田家榖始播。
时雨催我还，倚锸檐前坐。
牧童去未归，雨声听渐大。
时雨岂不嘉，所虑老牛饿。
自往唤牧童，牵牛入兰卧。

我牛既以来，我锸行须荷。
田畴及时治，况复雨初过。
亦知冒雨寒，为农焉敢惰。

春天不久晴，衣垢及时瀚④。
身上何所着，敝襦及骭⑤短。
家人念我寒，一杯为斟满。
酒满不可多，农事不可缓。
奋身田野间，襟带忽以散。
乃知四体勤，无衣亦自暖。
君看狐貉温，转使腰支懒。

人生会有尽，行止非自由。
止亦不可趣，行亦不可留。
如何柴桑叟，汲汲为此忧。
终年痛饮酒，冀以忘其愁。
吾身听物化，化及事则休。
当其未化时，焉能弃所谋。
有子亦须教，有田亦望收。
天心与人事，何息不周流。
我不离世间，而愿与天游。
焉能外亲戚，视之同聚沤。
乃知黄老书，不如孔与周。

【题 解】

钱澄之是清代成就最高的田园诗人，他的田园诗与陶渊明、王维、孟浩然等前代著名田园诗人都有相似之处，然而又能够自成一家。他的田园诗作品非常多，有《田园杂诗》、《田间杂诗》、《夏日园居杂诗》、《田家苦》等，其中《田家杂诗》十七首影响最大，艺术成就最高。这一组诗全面地描绘了诗人归隐之后的躬耕生活，包括诗人的劳动情况、与农民的交情、躬耕的主观态度，从各个角度反映了广阔的田园生活。这些诗的语言直白晓畅、平淡冲和，字里行间充满安贫乐道、积极乐观的人生态度。这里选择其中的七首作为其中的代表。

【注 释】

① 锄（chú）：用于翻土及除草的农具。
② 遘（gòu）：遇到，遭遇。
③ 襏襫（bō shì）：蓑衣之类的粗而结实的雨具。
④ 澣（huàn）：洗涤。
⑤ 骭（gàn）：胫骨头，也指小腿。

渔家词

清·宋琬

南阳之南峄山北，男子不耕女不织。
伐芦作屋沮洳①间，天遣鱼虾为稼穑。
少妇能操舴艋舟②，生儿酷似鸬鹚黑。
今秋无雨湖水涸，大鱼干死鲦鳅弱。
估客不来贱若泥，租吏到门势欲缚。
烹鱼酤酒幸无怒，泣向前村卖网罟③。

【题解】

这首诗描写了诗人家乡渔民们的艰苦生活。他们无田无地，只能以捕鱼为业，终日劳作，收成却只能由天气决定。更让他们痛苦的是官吏的无情剥削。全诗语言平易自然，但将官吏的剥削写的鞭辟入里。

【注释】

① 沮洳（jù rù）：低湿地带。
② 舴艋（zé měng）舟：小船。
③ 罟（gǔ）：渔网。

过湖北山家

清·施闰章

路回临石岸，树老出墙根。
野水合诸涧，桃花成一村。
呼鸡过篱栅，行酒①尽儿孙。
老矣吾将隐，前峰恰对门。

【题解】

湖，指江苏高淳县境内的高淳湖。此诗描写诗人经过山家时所见的景物以及山家人的生活。山家景色幽美，如同世外桃源，山家人淳朴好客。诗人见到这样的景色和生活，萌生了归隐于此的愿望。这首诗的语言清秀挺拔，其中的"野水合诸涧，桃花成一村"两句中的第三字平仄都拗，清挺特色更为明显。施闰章是五律高手，这篇更是五律中的上乘之作。

【注 释】

① 行酒：依次斟酒。

真州绝句 五首选一

清·王士禛

其 四

江干多是钓人居，柳陌菱塘一带疏。
好是日斜风定后，半江红树卖鲈鱼①。

【题 解】

　　王士禛的《真州绝句》共五首，是一组描写真州景物的诗。这里所选为第四首。诗中描写了渔民所居之处优美的风景和渔民惬意的生活，表现了诗人对宁静和平生活的向往。王士禛论诗主"神韵"，要求诗歌具有含蓄、蕴藉的风格，推崇王维、孟浩然、戴叔伦、韦应物等诗人。这首诗正是其"神韵"之作。全诗写景明快清丽，而诗人的感情则寓于景物之中。

【注释】

①鲈鱼: 这句中的"鲈鱼"除了实指外, 也是用典。《世说新语·识鉴篇》记载:"(张季鹰)在洛见秋风起, 因思吴中莼菜羹、鲈鱼脍, 曰: '人生贵得适意尔, 何能羁宦数千里以要名爵!' 遂命驾便归。"

山间杂兴

清·沈德潜

我本山中人, 但识山中事。
猿狖作比邻, 云木关瘄瘵。
晞发当初阳, 濯足临水次。
地险心神夷, 岩壑每平视。
行止岂豫谋, 兴到随所寄。
山村酒新熟, 颓然取一醉。

【题解】

这首诗主要抒发了诗人甘于淡泊、自适自乐的隐逸情怀。全诗的语言简洁清新, 描写山间景物生动形象。

田间杂兴

清·沈德潜

村墟起暝色, 牛羊各来归。

田家晚炊罢，犹自开柴扉。
邻里夜相过，围坐情依依。
共夸麦苗盛，共忧桑叶稀。
儿女齐长大，所需食与衣。
地远人俗淳，言语心无机。
只谈农家事，焉知谁是非。

【题解】

这首诗描写了农家人真切、质朴的生活，表现了诗人对这种生活的喜爱及其隐逸的情怀。沈德潜的田园诗虽然不多，其成就也比不上清代著名田园诗人钱澄之，但是这首却深得陶渊明田园诗的神韵。其中有不少语言都来自陶渊明的田园诗，但又能够切合诗境和诗人的感情，具有古朴自然的风格。

渔 家

清·郑燮

卖得鲜鱼二百钱，米粮炊饭放归船。
拔来湿苇烧难着，晒在垂杨古岸边。

【题解】

全诗以简洁直白的语言描写出了渔家人生活的艰辛，表现了诗人对苦难百姓的深切同情。

所 见

清·袁枚

牧童骑黄牛，歌声振林樾。
意欲捕鸣蝉，忽然闭口立。

【题解】

这首诗描写了诗人在山中偶然见到的牧童放牛一事。诗人将牧童自由自在、天真顽皮的形象刻画得栩栩如生。袁枚论诗主张"性灵"，即写作诗歌要表达真感情，不做作，诗歌的语言要清新明白。这首诗正是袁枚的"性灵"之作。

村中记所见

清·钱大昕

小小茅檐曲曲篱，墙歆聊借石头搘①。
日高编箔烘烟叶，雨歇携枷打豆萁。
香稻已催千顷割，残荷犹见一枝垂。
由来气候山村别，试补豳风七月诗。

【题解】

此诗描写了小山村中农民的乡居生活，突出了山村生活淳朴、简洁的特征，具有浓郁的山野气息。全诗以白描的手法，将自己的所见——

展示出来，语言质朴简洁，意境清新明朗。

【注 释】

①搘（zhī）：同"支"，支撑。

【名 句】

香稻已催千顷割，残荷犹见一枝垂。

山 行

清·姚鼐

布谷飞飞劝早耕，春锄①扑扑趁春晴。
千层石树通行路，一带山田放水声。

【题 解】

诗题为《山行》，但并没有描写"山行"的具体过程，而是描绘了春天山村农耕的景象。布谷鸟、白鹭鸣叫着催山农们赶紧耕种，农人也抓紧时机辛勤劳作。全诗写景明朗活泼，语言清新自然，意境优雅清丽。

【注 释】

① 春锄：指白鹭。

渔樵曲

清·宋湘

渔翁汝何来？何来复何去？
一网出白鱼，歌声入红树。
樵夫汝何去？何去复何来？
担头有白云，草香花尚开。
而我同住湖，惭愧呼曰儒。
断断几个字，已自白其须。
公等我不如，请就尽一壶。

【题 解】

这首诗描写了渔夫与樵夫劳动的场面，赞美了他们的勤劳质朴。与这些人相比，诗人自愧不如，表达了诗人对劳动者的尊重。这在封建士大夫中很少见，因而显得特别珍贵。全诗的语言简洁明快、通俗自然。

田中歌

清·黎简

饥鹰叫风野日白，田鼠仓皇乱阡陌。
田头背立泣寡妻，检穗盈筐人夺得。
自言一日劳，可得三日食。
十日刈获了，可储一日积。
今年三日皆空还，明日重来复何益！
出门时，儿已饥；
入门时，儿拽衣。
娘得谷，换米归。
儿食粥，娘啖糜。
娘空还，儿哭啼。
儿勿啼，娘心悲。
向屋后，望菜畦。
天寒雨瘦菜不肥，篱疏畏逐强人鸡。
闭门抱儿劝儿睡，明日娘有饭，娘自有较计①。
北风入夜吹破屋，上有明月照人哭。
人哭不闻声，但闻儿寒就娘声瑟缩。

【题解】

这首诗描述了农村中一对孤儿寡母的苦难生活，表达了诗人对劳动人民的深切同情。母子俩相依为命，母亲每日辛勤劳动为儿子寻找食物，但是多数时候是空手而归。诗中选取母子吃饭的典型场景，表现出了母子二人生活的艰难及母亲对儿子的无比怜爱，让人不忍卒读。全诗的语言通俗易懂、简洁贴切。

【注释】

① 较计：办法。

村北晚步

清·潘德舆

日日看云水，荡涤此日事。
水漫北村溪，遂游北村寺。
寺边古树高，扁舟渡无际。
我来水已落，犹可浴乌牸①。
拍拍双白鹅，照水得生意。
可怜村北村，西风老农泪。

【题解】

这首诗描写了诗人在村中游览时所见到的景物。这些景物暗示出村中遭受了严重水灾。至结尾"可怜村北村，西风老农泪"，道出了农民灾后的艰难生活。诗中表面是描写自己流连于乡村的美好景物，而实际是在描写水灾。全诗语言淡雅平易，在不经意中写出了农村生活的艰难。

【注释】

① 牸（zì）：黑色的母牛。

图书在版编目（CIP）数据

古代田园诗词三百首 / 周京艳编著.— 北京：中国国际广播出版社，
2014.9（2019.6重印）
（中华好诗词主题阅读丛书）
ISBN 978-7-5078-3724-7

Ⅰ.①古… Ⅱ.①周… Ⅲ.①古典诗歌－诗集－中国 Ⅳ.①I222

中国版本图书馆CIP数据核字（2014）第088128号

古代田园诗词三百首

编　　著	周京艳	
责任编辑	廖小芳　　张淑卫　　张娟平	
版式设计	国广设计室	
责任校对	徐秀英	

出版发行	中国国际广播出版社（83139469　83139489 [传真]）
社　　址	北京市西城区天宁寺前街2号北院A座一层
	邮编：100055
网　　址	www.chirp.com.cn
经　　销	新华书店
印　　刷	香河利华文化发展有限公司

开　　本	640×940　1/16
字　　数	150千字
印　　张	16
版　　次	2014 年 9 月　北京第一版
印　　次	2019 年 6 月　第二次印刷
定　　价	35.00元